BARBARA CARTLAND

un dieu pour l'amour

traduit de l'anglais par Catherine DENIS

Éditions J'ai Lu

Ce roman a paru sous le titre original :

FLOWERS FOR THE GOD OF LOVE

un dieu pour l'amour

Barbara Cartland est une romancière anglaise dont la réputation n'est plus à faire.

Plus de trois cents romans variés et passionnants mêlent aventures et amour.

Les Éditions J'ai Lu *en ont déjà publié plus de quatre-vingts que vous retrouverez dans le catalogue gratuit disponible chez tous les libraires.*

Les Éditions J'ai Lu *publient également* Les romans préférés de Barbara Cartland, *un choix des livres qui ont enchanté sa jeunesse.*

AVANT-PROPOS

Toutes les descriptions du Palais du Vice-Roi à Calcutta, de la Résidence du Gouverneur à Lucknow et à Naini Tâl, ainsi que du cérémonial protocolaire, sont d'une rigoureuse exactitude. Quant au « Grand Jeu », sa véritable histoire reste encore à raconter. Il a pris fin brusquement en 1903, au moment où une nouvelle mobilisation à la frontière nord-ouest apparaissait comme le seul moyen d'empêcher les forces armées russes d'entrer dans Kaboul, et vraisemblablement dans Peshâwar.

Puis, de façon tout à fait inattendue, la crise s'apaisa grâce d'une part aux défaites infligées à la Russie par la flotte et l'armée japonaises, et d'autre part aux traités anglo-japonais de 1902 et de 1905 qui bouleversaient l'équilibre des forces en Asie au bénéfice de la Grande-Bretagne.

Finalement, par une convention signée à Saint-Pétersbourg en 1907, la Russie reconnaissait que l'Afghânistân se situait dans la zone d'influence britannique.

Pourquoi? Parce que l'Allemagne, à la frontière occidentale de la Russie, était en train d'accéder au rang de puissance mondiale.

C'est, en fait, la crainte de la puissance militaire allemande qui a mis fin au « Grand Jeu ».

En 1903, une expédition militaire, conduite par le colonel Francis Younghusband, parvint jusqu'à la capitale du Tibet, Lhassa.

1

1900

Un fiacre s'arrêta devant le Secrétariat d'Etat aux Affaires indiennes. Un homme au visage hâlé en descendit et régla le cocher.

Il grimpa les marches et trouva la porte ouverte. Un jeune homme, le type même du diplomate en herbe, se précipita au-devant de lui, les bras tendus.

– Bienvenue au pays, Major Daviot! Le Patron vous attend avec impatience! dit-il en souriant et avec un regard admiratif.

– Je suis heureux d'être de retour, répondit Rex Daviot.

Ils empruntèrent de larges corridors décorés de portraits de Gouverneurs, de tableaux représentant des villes, des fleuves ou différents types raciaux de l'Empire des Indes.

Le Secrétariat d'Etat n'avait rien d'un club. C'était une vieille institution, puissante et grave, à l'action lente et despotique. Avec son immense bibliothèque et toute l'expérience qu'elle avait accumulée, elle possédait plus de renseignements sur les Indes que n'importe quelle administration au monde n'en avait jamais recueilli sur aucun pays.

– Comment était le climat, quand vous êtes parti? demanda le jeune homme.

– Très chaud! répondit Rex Daviot avec un sourire qui atténuait son ton sarcastique.

– Nous mourons de curiosité, et les rumeurs les plus folles courent au sujet de vos derniers exploits.

– J'espère bien que non!

– Vous devez comprendre, Major, qu'il est impossible d'empêcher les gens de broder, même s'ils n'ont pas grand-chose sur quoi s'appuyer. Je vous assure que nous avons fait de notre mieux pour garder sur tout le plus grand secret.

– J'y compte bien...

Mais Rex Daviot savait que les nouvelles les plus secrètes s'infiltrent toujours mystérieusement dans les endroits les plus inattendus et, en Inde, les informations circulaient dans les bazars bien avant que le Commandant en chef n'en ait connaissance.

Ils arrivèrent devant une énorme porte en acajou. Le jeune homme l'ouvrit à deux battants et annonça d'une voix presque triomphante :

– Le Major Rex Daviot, Sir!

Sir Terence O'Kerry, le Secrétaire d'Etat aux Affaires indiennes, assis derrière son bureau au fond de l'immense pièce, se leva et vint lui serrer la main. Son visage s'était éclairé.

– Dieu merci, vous êtes de retour sain et sauf! Je craignais un empêchement...

Rex Daviot se mit à rire.

– Dites plutôt que vous êtes étonné qu'on ne m'ait pas assassiné ou que mon déguisement n'ait pas été percé à jour.

– Tout juste! reconnut Sir Terence.

– J'avoue que j'ai eu quelques moments difficiles, mais me voilà, et entier. Vous avez reçu mon rapport?

– Il est si extraordinaire et si passionnant que je

me suis retrouvé enfant, lisant un roman d'aventures...

– Je suis content qu'il vous ait plu, répliqua Rex Daviot, l'œil pétillant.

Il avait les yeux gris foncé, ce qui s'était révélé extrêmement utile là où une autre couleur aurait pu le trahir.

– J'ai beaucoup de choses à vous dire, déclara Sir Terence. Asseyez-vous, Rex, et permettez-moi de commencer par le commencement.

Rex Daviot parut légèrement surpris, mais il obéit et prit place à côté de la cheminée dans un fauteuil en cuir. Sir Terence s'installa en face de lui et déclara gravement :

– Ce que vous avez découvert au cours de votre dernière mission va avoir des répercussions incalculables. Inutile de vous dire à quel point nous vous en sommes reconnaissants.

– J'espère que vous avez pris soin de ne pas en discuter avec trop de gens, fit remarquer Rex Daviot. J'ai l'intention de repartir et, en Inde, même le sable a des oreilles!

– Vous avez déjà accompli tant d'exploits qu'il faut bien vous attendre à être considéré comme une sorte de héros.

– J'espère bien que non!

– La Reine, pour ne citer qu'elle, est émerveillée par vos prouesses.

– Sa Majesté est très aimable mais, pour parler franc, j'aimerais repartir aussi vite que possible et me remettre au travail. Il reste encore beaucoup à faire.

– Personne ne le sait mieux que moi, répliqua Sir Terence, mais pour le moment nous avons d'autres projets pour vous.

Rex Daviot fronça brusquement les sourcils et son regard prit l'éclat de l'acier.

– D'autres projets?

– C'est à ce propos que je voulais vous parler.

– Je vous écoute, mais j'espère que cela ne m'empêchera pas de retourner d'où je viens.

– Non, mais vous auriez la possibilité d'y aller à un autre titre.

– Que voulez-vous dire?

– La Reine veut vous nommer Gouverneur des Provinces du Nord-Ouest.

Annoncée tranquillement, la nouvelle fit à Rex Daviot l'effet d'une bombe.

– Gouverneur? répéta-t-il, n'en croyant pas ses oreilles.

– Sa Majesté estime que c'est désormais votre place, et je suis d'accord avec Elle.

– Mais pourquoi?

– Parce que vous ne pouvez pas continuer à risquer votre vie sans en payer le prix. Jusqu'à présent, vous avez remporté des succès fantastiques, mais...

– J'aurais pensé que c'était là une excellente raison de persévérer.

– Je dois vous dire, poursuivit Sir Terence, que cette nomination a l'approbation du Vice-Roi.

– Plus que quiconque, il aurait dû s'y opposer, ne serait-ce que parce que je lui facilite les choses.

– Il en est parfaitement conscient, mais il se trouve que le poste de Gouverneur est devenu vacant à la suite de circonstances assez tragiques.

Rex Daviot demeura silencieux. Ces circonstances, il les connaissait, et on ne pouvait lui faire plus grand honneur en lui offrant ce poste. Néanmoins, quelque chose en lui se révoltait contre ce que ces fonctions impliquaient de cérémonial, de protocole, et même d'autorité.

Mieux que personne, il savait combien il était important de mettre en place un homme qualifié, alors que l'agitation ne faisait que croître aux frontières de l'Inde, les Russes ne cessant d'inciter les tribus à la révolte.

Il s'était effectivement demandé qui serait le

nouveau Gouverneur des Provinces du Nord-Ouest, mais il n'avait pas supposé un instant qu'il pourrait se trouver sur les rangs.

Comme il restait silencieux, Sir Terence déclara :

– Je dois ajouter que, si vous acceptez, Sa Majesté a l'intention de vous conférer le titre de Pair.

– De Pair? Juste ciel, mais pourquoi?

– Pour plusieurs raisons, répondit Sir Terence en souriant. En d'autres circonstances, la mission que vous venez d'accomplir vous aurait valu une haute récompense militaire. Mais cela ne servirait qu'à attirer l'attention sur vous, et je pense que c'est bien la dernière chose au monde que vous désirez.

Il marqua un temps.

– L'usage veut qu'un Gouverneur ait un titre de noblesse. Comme vous le savez, les six derniers étaient soient Chevaliers, soit Baronnets.

– Mais... pourquoi Pair?

– Sa Majesté souhaitait vous donner une preuve de sa satisfaction, et nous n'avons pas trouvé mieux.

– Vous m'en voyez confus!

– Je n'ai pas eu souvent l'occasion de faire ce genre de déclaration, reprit Sir Terence. Non seulement vous avez été d'une bravoure extraordinaire, mais vous avez sauvé la vie de centaines, sinon de milliers d'hommes qui seraient tombés dans des embuscades et auraient été tués sans merci, d'une façon à laquelle je préfère ne pas penser.

Comme ils le savaient tous les deux, les tribus de la frontière du Nord-Ouest ne permettaient pas à leurs victimes de mourir rapidement. Le plus brave des soldats était incapable de supporter la vue des tortures et des mutilations qu'elles infligeaient à leurs prisonniers.

Comme s'il éprouvait le besoin d'être debout pour réfléchir, Rex Daviot se leva et alla regarder par la fenêtre. Mais il ne vit ni les toits gris, ni les arbres de St. James's Park, ni la circulation très animée.

Ce qu'il voyait, c'étaient des rochers nus balayés par le vent, derrière lesquels se dissimulaient sans doute des hommes armés de fusils ou de couteaux à la lame acérée, tout aussi dangereux, qui vous transperçaient le corps en une seconde, sans avertissement.

La frontière du Nord-Ouest était un endroit légendaire. Aucun autre lieu sur la terre n'avait connu autant de tueries, d'intrigues, d'actions héroïques et de sauvagerie, de souffrances et de sacrifices.

Après un moment de silence, Rex Daviot déclara :

– Voulez-vous bien transmettre à Sa Majesté mes plus respectueux hommages ainsi que ma gratitude et lui dire que, bien que très touché par l'honneur qu'Elle me fait, je me vois obligé de le refuser?

– De refuser? répéta Sir Terence. Pouvez-vous m'en donner ne serait-ce qu'une seule raison?

– Entre nous, c'est tout à fait simple, répondit Rex Daviot. Je n'en ai pas les moyens!

Le silence s'installa de nouveau. Ils n'ignoraient ni l'un ni l'autre les énormes frais qu'entraînait en Inde le moindre poste un peu important.

La charge de Vice-Roi nécessitait de telles dépenses que nul ne pouvait l'accepter s'il n'était à la tête d'une fortune personnelle. Et il en allait de même pour les autres hauts fonctionnaires du pays, les Gouverneurs de Madras et de Bombay, le Gouverneur des Provinces du Nord-Ouest et celui du Pendjab.

Le résident d'Hyderâbâd se situait à un rang légèrement inférieur, mais même lui n'avait pas un salaire suffisant pour faire face aux réceptions obligatoires et mener le train de vie nécessité par sa fonction.

– Il se trouve, déclara Rex Daviot, que j'ai eu à

régler pour ma famille des dépenses considérables. Mon découvert à la banque a atteint la limite à ne pas dépasser! Je resterai donc là où je suis.

Il n'y avait pas trace de regret dans sa voix. Sir Terence ne doutait pas que Rex, avec son cerveau pénétrant et brillant, n'ait fait le tour de la situation durant les quelques minutes qu'il avait passées devant la fenêtre. Sa décision arrêtée, l'affaire était réglée pour lui.

– Je m'attendais à cette réponse, déclara finalement Sir Terence.

Rex Daviot se retourna en souriant.

– Comme vous me connaissez au moins depuis dix ans, Sir, ma vie privée n'a plus de secret pour vous.

Ils faisaient l'un et l'autre allusion au fait que le père de Rex, avant l'accident de chasse qui l'avait rendu infirme, avait dilapidé la majeure partie de la fortune familiale, laissant son fils dans une situation où il ne pouvait compter que sur lui-même.

Sir Harold Daviot n'était pas né à la bonne époque. Il aurait dû vivre un siècle plus tôt, au temps où l'on attendait d'un dandy les pires extravagances. Sous le règne de la reine Victoria, il passait pour excentrique, ce qui lui avait fermé les portes de la haute société.

Rex Daviot, lui, tenait plutôt de son arrière-arrière-grand-père, militaire hors ligne qui avait été général dans les lanciers du Bengale à l'époque de Clive, le fondateur de l'Empire anglais en Inde.

Lorsque Sir Harold s'était retrouvé cloué à un fauteuil roulant, son fils avait sereinement entrepris de payer ses dettes et de remettre en état leur propriété du Northumberland, jusque-là tristement négligée.

De plus, il s'était senti obligé de subvenir aux besoins d'un certain nombre de dames auxquelles son père avait accordé ses faveurs, avant de les abandonner en leur laissant ses enfants, mais pas un sou.

Et ce n'était pas tout. Il devait faire face également à des frais médicaux de plus en plus lourds. En outre, immobilisé et réduit à l'oisiveté, Sir Harold s'était mis à jouer aux courses avec une ardeur que ses moyens étaient loin de lui permettre.

Sir Terence n'ignorait rien de la patience et de la bonne humeur avec lesquelles Rex Daviot avait endossé un fardeau qui aurait fait reculer tout autre n'ayant ni sa force de caractère ni sa générosité.

Il déclara tout haut :

– Comme vous le savez, je vous comprends et je compatis. C'est pourquoi j'aimerais vous faire une proposition.

– Un autre travail?

– Pas exactement. En fait, cela concerne celui que vous venez de refuser.

– Comment cela?

– Je vais vous le dire.

Sachant que c'était là ce que son interlocuteur attendait, Rex Daviot alla se rasseoir.

– Cigarette ou cigare? lui demanda Sir Terence.

Rex secoua la tête.

– Ni l'un ni l'autre, merci. Il y a longtemps que j'ai cessé de fumer. Les Indiens ont le sens de l'odorat très développé : un porteur, ou un conducteur de pousse-pousse, entouré d'effluves de havane, serait assurément suspect!

Sir Terence se mit à rire.

– Ce sont là vos déguisements favoris?

– Pas seulement. L'Orient est réputé pour ses fakirs, et vous ne savez pas combien de vaines prières et de malédictions je connais dans une douzaine de dialectes différents.

Ils se mirent à rire tous les deux, ce qui détendit l'atmosphère.

– J'écoute votre proposition, dit Rex Daviot en se renfonçant dans son fauteuil.

– C'est une idée de Sa Majesté, répondit Sir Terence. Elle est très désireuse de vous voir accepter le poste, mais Elle estime indispensable que le Gouverneur du Nord-Ouest soit marié!

Rex Daviot le regarda, stupéfait.

– Eh bien, voilà qui règle la question! Je ne suis pas encore enchaîné par les liens sacrés du mariage et je n'ai pas l'intention de le devenir!

– Et pourquoi ça?

– La réponse est simple. Aucune femme ne s'accommoderait de mon genre de vie actuel, et je n'en ai rencontré aucune avec laquelle je souhaiterais envisager l'avenir.

– Je suis persuadé que ce ne sont pas les candidates qui manquent, fit remarquer Sir Terence avec une pointe d'ironie.

– Pas précisément pour le mariage, répliqua Rex Daviot sur le même ton.

– Il serait temps que vous vous décidiez. Etant d'une vieille lignée de Baronnets, il serait bon que, tôt ou tard, vous ayez un héritier.

Ils savaient l'un et l'autre que si la Reine n'avait pas proposé de le faire Chevalier, c'était parce que son père, sixième Baronnet du nom, n'avait rien fait pour illustrer la lignée.

Rex était néanmoins très fier de ses ancêtres, fier de ce que, à l'exception de son père, il y ait toujours eu des Daviot, au cours des trois derniers siècles, pour servir le pays.

– Rien ne presse, déclara-t-il.

– Vous croyez? Etant donné les risques que vous prenez, il serait grand temps que vous commenciez à songer au huitième Baronnet, ou peut-être au second Lord Daviot, votre fils!

– Je vous ai déjà dit que cette dernière éventualité était totalement exclue!

– C'est au contraire tout à fait possible, si vous voulez bien écouter ce que j'essaie de vous dire.

– Je vous écoute.

– Avez-vous eu l'occasion de rencontrer mon frère?

Rex secoua la tête.

– Il est mort il y a un an. C'était un homme entreprenant, particulièrement doué pour les affaires. Il était même devenu fabuleusement riche!

Rex haussa légèrement les sourcils mais demeura attentif, ne comprenant pas en quoi tout cela le concernait.

– Mon frère n'a eu qu'un seul enfant, poursuivit Sir Terence, une fille, qui vit avec nous depuis dix-huit mois. Elle a hérité d'une telle fortune que ma femme et moi étions convaincus qu'elle serait mariée depuis longtemps.

– Où est la difficulté? demanda Rex Daviot.

Il commençait à deviner où son interlocuteur voulait en venir et sa réponse était déjà prête.

– Clémence avait dix-neuf ans lorsqu'elle est arrivée chez nous, reprit Sir Terence. Ayant passé la majeure partie de sa vie à voyager avec mon frère, elle n'a jamais pu jouir du confort et de la sécurité d'un foyer, ni se trouver des amis avec lesquels elle ait quoi que ce soit de commun.

Il poursuivit, comme s'il réfléchissait :

– C'est une jeune fille étrange, extrêmement intelligente et cultivée. Mais je ne prétends pas la comprendre. Peut-être est-ce parce qu'elle a du sang russe dans les veines? Les Slaves ont la réputation d'être imprévisibles...

– Du sang russe?

– Son arrière-grand-mère était une princesse russe qui tomba éperdument amoureuse de mon grand-père, alors en poste à Saint-Pétersbourg. Ils durent attendre cinq ans pour se marier car, si elle-même était veuve, ma grand-mère était encore en vie. Folle à lier, mais en vie!

Il s'interrompit, comme pour laisser à Rex Daviot le temps d'assimiler ses paroles, puis reprit avec un sourire :

– Du sang russe, anglais, et bien sûr irlandais. Imaginez l'accueil qui peut être fait à une jeune personne aussi complexe, très belle et très énigmatique et qui pour moi demeure aussi mystérieuse que le Sphinx, mais aussi séduisante que devait l'être Cléopâtre au même âge.

– Vous en donnez une image tout à fait éblouissante, fit remarquer Rex, amusé de voir que Sir Terence cherchait délibérément à l'intriguer.

– Ma femme a organisé des réceptions en son honneur. Inutile de vous dire le succès de Clémence. Elle a reçu une pluie d'invitations. La Reine elle-même nous a fait compliment de sa beauté quand ma nièce a été présentée à la Cour.

Il jeta un regard à Rex Daviot et changea de ton pour ajouter :

– Et puis, il y a deux mois, cela a été la catastrophe!

– Que s'est-il passé? demanda Rex avec une certaine curiosité qui n'échappa point à Sir Terence.

– Lors d'une soirée au château de Windsor on a présenté Clémence au Prince Ferdinand Schertzenberg!

– Ce porc! ne put s'empêcher de s'écrier Rex.

– Précisément! J'estime comme vous qu'on devrait lui interdire l'entrée de tous les salons et de toutes les maisons respectables du pays. Mais il n'en demeure pas moins un personnage important en Europe et un parent éloigné, très éloigné certes, mais néanmoins parent, de la Reine.

– Que s'est-il passé?

– Il a poursuivi Clémence de ses assiduités d'une façon tout à fait répréhensible. Après tout, c'est un homme marié, et l'époque est bien révolue où l'on trouvait naturel qu'un monarque se conduise de manière arrogante et licencieuse. Surtout au château de Windsor!

– Et qu'en a-t-elle pensé?

– Elle l'a pris en horreur! Elle a éprouvé pour lui dès le premier instant la même aversion que pour un reptile.

Sir Terence se tut, mais il était évident que l'histoire n'était pas finie.

– Que s'est-il passé ensuite? demanda Rex.

– Le Prince s'est refusé à laisser Clémence en paix. Il s'est mis à la bombarder de lettres, de fleurs, de présents, jusqu'à ce que je lui demande de cesser.

Sir Terence soupira.

– Ce n'était pas facile. Il m'a répondu avec une grossièreté dont seuls les Allemands sont capables. Il m'a même menacé de provoquer un incident diplomatique et de faire en sorte que je sois relevé de mes fonctions!

– Grand Dieu! s'écria Rex Daviot. Vous ne l'avez pas pris au sérieux, j'espère?

– Je vous assure que Son Altesse Royale ne plaisantait pas. Mais je lui ai déclaré que, s'il persistait dans sa conduite, j'en informerais la Reine.

– Et il s'est calmé?

– Il était dans une colère folle, mais j'ai eu le sentiment que, comme tout le monde, il craignait Sa Majesté et qu'il se tiendrait plus correctement à l'avenir.

– Le problème a donc été réglé?

– Au contraire. Il a simplement continué à faire dans l'ombre ce qu'il faisait ouvertement jusque-là.

Rex Daviot était bien placé pour le comprendre : c'était toujours dans le plus grand secret que les Russes fomentaient leurs intrigues et encourageaient les tribus à la sédition.

– Qu'a-t-il fait alors?

– Il s'est arrangé pour se faire inviter à passer

quelques jours dans une propriété, sachant que Clémence s'y trouverait. Malheureusement, nous n'avions pas projeté de l'accompagner. La maîtresse de maison étant l'une de nos meilleures amies, ma femme n'avait vu aucun inconvénient à la lui confier.

Sir Terence marqua un temps avant de poursuivre :

– Comment pouvais-je deviner que ce monstre allait profiter de la bonne foi de son hôtesse et de l'innocence de ma nièce?

La voix de Sir Terence était maintenant vibrante de colère.

– Le Prince s'est introduit dans la chambre de Clémence, lui a arraché ses vêtements et a tenté de la violer!

– Je n'ai jamais rien entendu d'aussi ignoble! s'écria Rex. J'ai toujours su que c'était un individu sans moralité et un vaurien de la plus belle eau, mais ce que vous me racontez là est inimaginable, même de la part d'un Allemand bouffi d'orgueil!

– Heureusement que quelqu'un a entendu ses cris, mais il s'en est fallu de peu que le Prince n'arrive à ses fins. Clémence en a été ébranlée d'une manière assez difficile à comprendre.

– S'est-elle évanouie? A-t-elle eu une crise de nerfs?

– Cela aurait sans doute été préférable, répondit Sir Terence. Non, elle s'est comme repliée sur elle-même.

Il vit que Rex ne comprenait pas.

– C'est difficile à expliquer. Clémence a toujours été fière, plutôt réservée et distante avec les gens. J'avais tendance à attribuer ce comportement à ses origines étrangères, mais après cet épisode avec le Prince Ferdinand...

Il s'interrompit, comme pour chercher ses mots. Rex insista, poussé maintenant par une véritable curiosité :

– Continuez!
– On dirait qu'elle a dressé une barrière entre elle et le reste du monde. Avec nous, elle est charmante et pleine d'attentions, mais elle refuse tout autre contact social. J'ai le sentiment, bien qu'elle ne m'en ait jamais rien dit, qu'elle s'est prise de haine pour les hommes!
– C'est assez compréhensible, fit remarquer Rex Daviot.
– Depuis, elle décline toutes les invitations.
– Elle craint peut-être encore de rencontrer le Prince?
– Je crois qu'il cherche toujours à la voir, répondit Sir Terence. Mais même lorsqu'elle a la certitude qu'il sera absent, Clémence n'en déchire pas moins les invitations.
– Elle est sans doute encore sous le choc...
– J'aimerais que ce soit aussi simple. J'ai l'impression qu'il s'agit de quelque chose de plus profond, qui pourrait bien affecter sa vie tout entière.
Devant le sourire un peu sceptique de Rex Daviot, il s'empressa d'ajouter :
– C'est pourquoi je vous demande de m'aider.
– De vous aider? Mais que puis-je faire?
– Epouser Clémence et l'emmener loin d'ici!
Après quelques instants de silence pétrifié, Rex demanda :
– Auriez-vous perdu la raison?
– En y réfléchissant, vous vous rendrez compte que c'est une proposition plutôt raisonnable, répliqua Sir Terence. J'ai beaucoup d'affection pour ma nièce et je veux qu'elle s'en aille loin d'ici. Je veux qu'elle soit définitivement débarrassée du Prince. Le seul moyen, c'est de lui trouver un mari qui la protège, ce que, pour parler franc, je suis incapable de faire moi-même.
– Pourquoi?
– Parce que le Prince peut me causer des ennuis

incommensurables si je continue à m'opposer à lui.

Sir Terence parlait en toute franchise, et Rex Daviot savait qu'il avait raison. Vu les hautes responsabilités qui incombaient au Secrétaire d'Etat aux Affaires indiennes, une querelle avec un Prince européen en exercice risquait non seulement de lui nuire, mais de nuire également à tout le système en place.

Sir Terence avait été nommé relativement jeune à ce poste, mais ses qualifications justifiaient cet honneur. Ce serait une tragédie pour la Grande-Bretagne, et sans doute également pour l'Inde, si sa carrière se trouvait maintenant ruinée et qu'il soit obligé de démissionner.

Comme s'il avait suivi le cours des pensées de Rex, Sir Terence reprit :

– Je peux me tromper, mais j'ai idée que, même si vous vouliez vous trouver une épouse, vous ne sauriez guère où chercher en dehors de la « Flottille de Pêche »!

C'était ainsi que, par plaisanterie, l'on surnommait les jeunes filles qui, chaque année, partaient pour les Indes dans l'espoir de décrocher un mari, tandis que le terme d'« Emballages Rendus » s'appliquait à celles qui revenaient bredouilles.

Mais Rex Daviot n'avait guère envie de rire, et Sir Terence enchaîna :

– La proposition me semble très raisonnable. Il vous faut une épouse fortunée, et à Clémence il faut un mari qui la protège du Prince. Alors, pourquoi ne pas y réfléchir?

Sir Terence se tut, et le silence qui suivit n'était plus le même. Il était, en quelque sorte, plus chargé d'émotion.

– Vous parlez sérieusement? demanda enfin Rex Daviot.

– Je n'ai jamais été aussi sérieux de ma vie! Et je

ne vous cache pas que mon intérêt personnel est en jeu.

Il poussa un profond soupir et ajouta :

– Je vous demande de m'aider, Rex. Honnêtement, je suis dans un sacré bourbier, et je ne vois aucune autre manière d'en sortir !

Il était impossible de douter de sa sincérité, et c'est ce qui retint Rex Daviot de lui opposer le refus qui lui venait aux lèvres. Comme il savait que son interlocuteur attendait avec anxiété sa réponse, il déclara :

– Il faudrait que vous me donniez le temps de réfléchir. Mais je pourrais peut-être, sans aucun engagement de ma part, faire la connaissance de votre nièce.

Le regard de Sir Terence s'illumina.

– Vraiment ? Mon Dieu, quel poids vous me retirez des épaules !

– Je n'ai pas promis d'accepter la solution extraordinaire, et assurément sans précédent, que vous me proposez pour résoudre mon avenir et vos difficultés, remarqua Rex Daviot.

– Je le sais, répondit vivement Sir Terence, mais pour le moment, je suis comme le noyé qui voit apparaître une bouée de sauvetage.

Il jeta à Rex un regard pathétique et ajouta :

– Qu'un homme dans ma position puisse avoir peur d'un petit Prince allemand, cela vous semble peut-être ridicule, mais c'est vrai, j'ai peur. Je vois déjà tous mes efforts anéantis : les réseaux que j'ai mis en place avec tant de soin, les agents que j'ai implantés un peu partout en Inde et qui n'ont de comptes à rendre qu'à moi.

Il marqua un temps avant de conclure :

– Tout cela réduit en cendres à cause d'une canaille débauchée et irresponsable !

C'était bien là, en effet, l'expression qui convenait pour décrire le Prince.

– Le problème, reprit Sir Terence, c'est qu'en

dehors de ces quatre murs, je suis obligé de le traiter avec le respect dû à son rang.

Il n'exagérait pas la gravité de la situation mais, pour ce qui le concernait, Rex Daviot arrivait difficilement à admettre que la fin justifiât de tels moyens.

Il avait cependant conscience qu'il aurait à affronter d'autres difficultés : était-il prêt, par exemple, à refuser le titre que lui offrait la Reine en récompense de ses services, à décliner le plus grand honneur qui lui serait peut-être jamais fait ?

Et l'idée commençait à percer, maintenant qu'il comprenait mieux ce que signifierait sa nouvelle position, qu'il pourrait poursuivre son travail dans les Provinces du Nord-Ouest d'une manière différente mais tout aussi efficace.

D'ailleurs, avant de réussir de nouveau un coup aussi audacieux que celui qu'il venait de réaliser, il fallait laisser passer du temps. Personne ne savait cela mieux que lui. Il avait eu beau brouiller soigneusement les pistes, mystifier totalement ses adversaires, il serait toujours à la merci d'un chuchotement, d'un signe, d'un regard. Si personne ne pouvait vraiment livrer à l'ennemi tout le secret de l'affaire, du moins les individus intéressés pouvaient-ils concevoir de sérieux soupçons.

« Il faut que je me fasse oublier, songea Rex. Et où trouver mieux pour le faire que la Résidence du Gouverneur de Lucknow ? »

En réfléchissant, les choses lui apparaissaient maintenant clairement : plus importante encore que la célèbre Résidence de Lucknow éprouvée par les batailles, il y avait celle de Naini Tâl, située au milieu des crêtes boisées des contreforts himalayens.

Comme tous ceux qui travaillaient et vivaient en Inde, mus par un dévouement qu'on n'aurait pu trouver nulle part ailleurs dans le monde, Rex Daviot avait acquis là une intuition qui échappait totalement à ceux qui n'avaient jamais quitté la métropole. Ce n'était pas de la simple clairvoyance mais quelque chose de plus profond, une sorte de communion avec les profondeurs de la vie spirituelle enfouie derrière l'extraordinaire et pittoresque surface de l'Inde.

Alors qu'il rendait visite au dernier Gouverneur des Provinces du Nord-Ouest, il s'était arrêté à Naini Tâl, au bord d'un précipice de plusieurs centaines de mètres, et avait contemplé de là les chaînes de l'Himalaya. Au-dessus des nuages qui s'accrochaient au sommet d'un pic enneigé, il avait vu deux aigles royaux planer dans le ciel translucide. Cette image, dans toute sa pure beauté, avait touché Rex Daviot au cœur où elle devait rester éternellement gravée.

Et maintenant, de façon surprenante et comme cela lui était déjà arrivé au moment de faire un choix décisif, ou lorsqu'il se sentait menacé par un danger, les aigles étaient là, omnipuissants, sereins, comme faisant étrangement partie de lui-même.

Il avait conscience que Sir Terence attendait. Il avait conscience de se trouver à un carrefour et que la direction qu'il prendrait dépendait des mots qu'il allait prononcer.

Et les aigles planaient, attendant eux aussi.

Un sourire éclaira son visage et balaya toutes les ombres de son front.

– Eh bien, dit-il enfin, est-ce que vous m'invitez à dîner?

La maison de Sir Terence, dans le quartier résidentiel de St. John's Wood, correspondait exactement à l'idée que l'on pouvait se faire de la demeure d'un haut fonctionnaire jouissant d'une fortune confortable, mais non colossale.

Un valet de chambre débarrassa Rex Daviot de son pardessus et de son chapeau haut de forme, et deux servantes en bonnet blanc et tablier amidonné devaient assurer le service d'un dîner, sinon extraordinaire, du moins fort bon.

Sir Terence avait sorti pour l'occasion ses meilleurs vins, et Rex Daviot leur fit honneur. C'était un plaisir qu'il goûtait bien peu souvent car rares étaient les vins qui résistaient au climat indien.

Le salon en forme de L où le reçut Lady O'Kerry, au premier étage, évoquait pour lui les illustrations familières d'un livre qu'il aurait mille fois lu et relu.

Il lui arrivait souvent, en Inde, de songer à ces salons anglais, frais et confortables, où des dames en robe décolletée attendaient leurs invités avec ce sourire conventionnel qui sied aux personnes bien élevées. Elles portaient des diamants souvent ternis, dans des montures légèrement démodées, et, sur leur passage, flottait un vague parfum de violette ou de lavande. La main qu'elles vous tendaient, n'ayant pas souffert de la chaleur, était blanche et douce, et leur visage n'était pas ridé par défaut d'hydratation.

Semaine après semaine, mois après mois, les mêmes vases accueillaient des bouquets de fleurs qui variaient selon les saisons. C'étaient des jonquilles au printemps, des roses en été, des dahlias, des chrysanthèmes et, si le maître et la maîtresse de maison avaient les moyens d'entretenir une propriété à la campagne, des œillets cultivés dans leurs propres serres.

En été, l'on pouvait déguster de grosses pêches savoureuses et d'énormes grappes de muscat provenant des mêmes jardins bien entretenus.

Rex Daviot venait d'accepter le verre de sherry que lui offrait Sir Terence, Lady O'Kerry lui avait déjà demandé des nouvelles de son père, s'il était heureux d'être rentré, s'il faisait très chaud en Inde, lorsque la porte s'ouvrit et qu'apparut la jeune fille qu'il était venu voir.

Pendant le trajet entre le Club des Voyageurs où il séjournait et St. John's Wood, Rex Daviot avait essayé de se représenter Clémence O'Kerry.

Il avait été surpris, et plutôt amusé, par le ton tout à la fois lyrique et perplexe qu'avait employé Sir Terence pour la décrire.

En dépit de l'esprit inventif dont ce dernier faisait preuve dans ses fonctions, Rex Daviot l'avait toujours considéré comme un homme très conventionnel.

Lady O'Kerry n'avait assurément rien d'original, ni de particulièrement remarquable, mais il avait toujours pensé, en voyant le mari et la femme ensemble, qu'ils étaient heureux et satisfaits l'un de l'autre. Ils avaient trois fils, tous trois pensionnaires dans des collèges, et Lady O'Kerry lui avait un jour confié qu'elle regrettait de ne pas avoir de fille.

– Je suppose, avait-elle ajouté avec un petit rire, que je vais devoir me contenter de belles-filles, mais ce ne sera jamais tout à fait la même chose.

Clémence lui paraissait-elle aussi énigmatique qu'à son mari ? Rex était convaincu qu'ils devaient partager le même sentiment. Une jeune personne sortant de l'ordinaire, au caractère peut-être un peu difficile, n'était certainement pas ce que Lady O'Kerry aurait souhaité avoir pour fille.

Il se méfiait aussi de la description physique que lui en avait faite Sir Terence. A en juger par Lady O'Kerry, Sir Terence avait une conception de la beauté très différente de la sienne.

A dire vrai, il ne s'était jamais vraiment demandé ce qu'il souhaitait trouver chez la femme qu'il épouserait. Cette éventualité lui avait toujours semblé très lointaine.

En revanche, il savait très bien ce dont il ne voulait pas, c'est-à-dire du genre Mem-Sahib qui n'était que trop répandu en Inde : c'était une femme désœuvrée, ayant de trop nombreux serviteurs, n'entretenant pas de relations avec les indigènes et pourvue d'un mari toujours absent, parti en manœuvres ou, si c'était un civil, en voyage.

Egalement séparées de leurs enfants, ces femmes vivaient dans la frustration et l'ennui, n'ayant pour seules distractions que les commérages, les intrigues, les interminables réceptions qui se donnaient à Simla pendant la saison chaude, ou des flirts clandestins avec les frères d'armes de leurs maris, aventures qui finissaient souvent en tragédies.

Une femme de ce genre, Rex Daviot était convaincu qu'il aurait envie de l'étrangler au bout de quelques mois de mariage. Ses aventures galantes, et elles étaient nombreuses, il les avait toujours vécues avec celles que ses contemporains appelaient de « Grandes Dames ».

La vie avait beaucoup changé en Inde depuis l'ouverture du canal de Suez. Depuis que le voyage qui, de Londres à Bombay, durait de quatre à cinq mois en passant par le cap de Bonne-Espérance, se trouvait réduit maintenant à moins de trois semaines.

C'était devenu très à la mode de venir à la bonne saison rendre visite au Vice-Roi et faire le tour des Résidences. Les dames repartaient couvertes de bijoux indiens, chargées de saris et de boîtes incrustées de pierres précieuses qui perdaient quelque peu de leur éclat et de leur splendeur une fois dans la métropole.

Il arrivait même souvent que, séduites par le jeune et mystérieux Major Daviot au cours d'une de ses permissions, ces dames le poursuivent jusqu'en Inde, lui écrivant des lettres enflammées sur du papier armorié, lui annonçant leur arrivée et où il pourrait les trouver. Il se sentait parfois intrigué et amusé par certaines. Sinon, il lui était aisé de disparaître. Le Vice-Roi se chargeait d'expliquer que le Major Daviot se trouvait en mission spéciale dans le Nord et qu'il était impossible d'entrer en contact avec lui.

Mais de temps à autre, dans la vie étrange, trépidante et dangereuse qu'il menait, de tels intermèdes étaient comme la découverte, sur le bas-côté d'une route, d'une fleur exotique dont le parfum et la beauté procurent un bref plaisir jusqu'à ce qu'elle soit fanée et bonne à jeter.

Néanmoins, si ces femmes avaient un rôle nécessaire dans sa vie, il n'avait jamais envisagé d'avoir une épouse qui brillerait de tous ses feux dans les réunions mondaines et qui, en son absence, jouerait de sa séduction sur un autre.

« Qu'est-ce que je veux? » se demanda-t-il.

La femme idéale, pour lui, n'avait pas de visage, et si, comme il le pensait, il était né pour être célibataire, le bon sens exigeait qu'il le reste.

Cependant, non seulement l'attendait la Résidence de Lucknow, mais l'écho presque désespéré de la voix de Sir Terence l'appelant à l'aide résonnait encore à ses oreilles.

Il estimait avoir une dette de reconnaissance envers celui qui, depuis des années, le soutenait, l'encourageait et se battait pour lui. S'il avait besoin d'une autorisation pour se lancer dans une action pas très orthodoxe qui effrayait les autorités, il demandait toujours que l'on s'en réfère à Sir Terence. Et la réponse était invariablement affirmative, lui laissant toute liberté pour faire l'impossible.

Mais le mariage!

Ruminant ces pensées dans le fiacre qui l'acheminait lentement vers St. John's Wood, Rex s'était senti gagné par la nervosité.

Que diable ferait-il d'une femme pendue à ses basques, exigeant son attention, son temps, et nécessairement, si elle était riche, sa gratitude?

« C'est impossible! songeait-il. Il faudra que je trouve une autre solution! »

Mais, logiquement, il n'en existait aucune, en dehors de celle qu'avait proposée Sir Terence.

Et maintenant, comme Clémence entrait dans la pièce, il ne pouvait se résoudre à la regarder en face.

Il avait conscience de sa présence, conscience de sa lente et gracieuse démarche tandis qu'elle s'avançait vers son oncle.

Puis il entendit Sir Terence qui disait :

– Clémence, je voudrais te présenter le Major Rex Daviot.

Alors seulement, il se tourna vers elle.

Et, avec stupéfaction, il découvrit l'une des plus belles femmes qu'il ait jamais vues, une femme qui ne ressemblait en rien à ce qu'il attendait, ni même à ce qu'il aurait pu imaginer!

2

Tandis que Rex Daviot, médusé, la dévisageait, elle inclina la tête et, sans un mot, se dirigea vers la cheminée. Comme elle lui tournait le dos, il remarqua qu'elle avait la taille fine et une élégance surprenante chez quelqu'un d'aussi jeune.

Pendant le dîner, il eut tout loisir de l'examiner plus attentivement sans en avoir l'air.

C'était probablement à ses origines russes qu'elle devait ses yeux sombres et mystérieux. Légèrement en amande, ils donnaient à son visage une expression énigmatique très séduisante, mais toute son attitude était faite de réserve et d'indifférence voulue.

Il comprenait maintenant ce que Sir Terence avait voulu dire en affirmant que Clémence s'était repliée sur elle-même. Cela sautait aux yeux rien qu'à sa manière de parler. Sa politesse et sa parfaite courtoisie étaient de toute évidence une façade qui recouvrait tout autre chose.

En Inde, Rex avait acquis un étonnant pouvoir de perception. Les innombrables déguisements qu'il lui arrivait de revêtir, il ne les portait pas comme un acteur qui jouerait un rôle; il avait appris à pénétrer la conscience profonde du personnage qu'il représentait, au point de ne plus faire qu'un avec lui. Aussi pouvait-il d'instinct juger les gens et, comme il le disait lui-même, « comprendre leur mécanisme ». Et il était fasciné de constater que chacune des paroles prononcées par Clémence dissimulait une autre pensée, qu'elle aurait tenu des propos très différents si elle s'était laissée aller à s'exprimer en toute liberté.

Mais malgré toute son intuition, elle n'en demeurait pas moins pour lui une énigme qu'il lui paraissait très intéressant d'essayer de comprendre.

Pendant le repas, la conversation porta sur des banalités, dominée par le bavardage de Lady O'Kerry à propos des gens de la Cour et de ses nombreuses connaissances en Inde. Etant amie de Lady Curzon, la Vice-Reine, elle demanda à Rex Daviot s'il accepterait de lui apporter quelques livres de sa part. Celui-ci promit de faire tout ce qu'on voudrait, mais ne put s'empêcher d'ajouter, avec un regard en direction de Sir Terence :

– Pour le moment, il n'est pas certain que je parte.

– Simple façon de parler, j'en suis sûre! répliqua Lady O'Kerry. Mon mari me dit toujours que l'Inde ne peut se passer de vous.

– Sir Terence me flatte, répliqua Rex Daviot, mais j'avoue que rien ne m'intéresse autant que cet étrange et déroutant pays que je trouve de jour en jour plus fascinant.

Il remarqua le rapide coup d'œil que lui jeta Clémence, comme si elle avait envie de l'interroger mais décidait aussitôt de s'en abstenir.

Le dîner s'étira en longueur et ce fut avec soulagement que Rex Daviot vit les dames se retirer.

Il leur ouvrit la porte et, comme elle passait près de lui, Lady O'Kerry lui toucha légèrement le bras avec son éventail.

– Ne tardez pas trop à venir nous rejoindre. Terence ne doit pas boire trop de porto. Je vous attendrai avec Clémence au salon.

Elle s'éloigna sans attendre sa réponse, suivie de Clémence qui n'eut pas un regard pour Rex.

Il sentit cependant les effluves d'un parfum sur lequel il fut incapable de mettre un nom. Et pourtant, il connaissait la plupart de ceux dont usaient, souvent trop généreusement, les femmes du monde. Celui-là, bien que très léger, flottait encore dans l'atmosphère quand il retourna à table.

Les deux hommes avaient repris leur place.

– Eh bien? fit Sir Terence.

Il n'avait nul besoin d'exprimer plus clairement sa question.

– Elle est très belle, déclara tranquillement Rex Daviot.

– Si belle, renchérit Sir Terence, qu'elle aurait aisément pu se passer d'être aussi riche.

Il prit une petite gorgée de porto avant d'ajouter :

– Après notre conversation de ce matin, je me suis appliqué à faire une estimation assez précise du montant de ses biens. C'est en réalité une somme astronomique qui, de plus, en raison de la demande croissante en pétrole, est susceptible de décupler dans les prochaines années.

» Elle a également des capitaux investis dans bon nombre d'autres denrées qui vont, très certainement, prendre aussi de la valeur.

Rex Daviot demeura silencieux. Ses mâchoires crispées, le pli amer de sa bouche disaient assez combien il haïssait l'idée de dépendre financièrement d'une femme, d'autant plus si celle-ci était son épouse.

Il n'ignorait pas que, légalement, il deviendrait non seulement l'administrateur de la fortune de sa femme mais que, pratiquement, cette fortune serait la sienne. Et il avait trop d'orgueil pour ne pas se sentir profondément humilié par cette situation.

– Oubliez tout cela, dit Sir Terence comme si Rex avait pensé tout haut. Mettez-vous bien dans la tête que cet argent, ce n'est pas à vous qu'il est destiné, mais à l'Inde.

– Est-ce vraiment comme cela que vous voyez les choses?

– En toute sincérité, Rex, je ne connais personne,

en dehors de vous, qui soit capable actuellement d'assurer la paix dans ce pays que nous aimons tous deux profondément.

Sir Terence se tut et Rex Daviot respecta son silence, comprenant qu'il s'apprêtait à lui faire une confidence importante.

– J'ai le sentiment, reprit-il enfin, qu'il me faut trouver le moyen de vous convaincre du rôle essentiel que vous êtes appelé à jouer. Inutile de souligner que ce que je vais vous dire m'a été divulgué sous le sceau du plus grand secret.

– Je vous écoute.

– Lorsque Lord Curzon est arrivé aux Indes en 1899 en qualité de Vice-Roi, il a eu vent de rumeurs inquiétantes à propos de l'activité russe au Tibet.

Rex Daviot n'ignorait pas que la progression des Russes en Asie centrale menaçait la position de la Grande-Bretagne en Inde. Tandis que la Russie étendait sa domination vers l'Afghânistân, l'Empire britannique repoussait les frontières de l'Inde vers l'ouest et le nord-ouest. Très au nord, le Tibet, autrefois sous domination chinoise, était devenu indépendant et hostile à toute intervention étrangère. C'était une contrée lointaine, froide, inhospitalière, gouvernée par le Dalaï-Lama et ses moines bouddhistes.

– D'après Lord Curzon, poursuivit Sir Terence à voix basse, comme s'il craignait d'être entendu dans sa propre salle à manger, il existerait entre la Russie et la Chine un traité secret accordant à la Russie des droits sur le Tibet.

– J'en ai entendu parler, répondit Rex Daviot, mais j'avoue que je n'ai pas cru devoir y ajouter foi.

– On murmure aussi que la Russie aurait envoyé des armes au Tibet et Lord Curzon craint qu'elle ne veuille fomenter des troubles à la frontière indo-tibétaine.

Rex Daviot l'écoutait avec la plus grande attention. Cette éventualité, en effet, n'était pas à écarter. Par son action sur les tribus, la Russie était largement responsable des combats qui avaient fait rage autour de la passe de Khyber et, par conséquent, de la mort d'un grand nombre de soldats. Avant de quitter l'Inde, Rex avait fait parvenir aux autorités, par la valise diplomatique, des rapports les avertissant que d'autres émeutes étaient à craindre et que des mesures s'imposaient.

– Ce dont le Vice-Roi souhaite discuter avec vous, dit Sir Terence, c'est de la suggestion que vous avez faite d'envoyer un agent britannique à Gyang-Tse.

C'était un poste situé à mi-chemin entre Lhassa, la capitale du Tibet, et la frontière indienne près de Darjeeling.

– L'idée me paraît bonne, répondit Rex Daviot, mais il sera difficile d'en convaincre les Tibétains.

– Lord Curzon est justement impatient de vous voir pour vous demander qui, à votre avis, serait le mieux qualifié pour aller négocier avec eux.

– J'ai déjà dit que l'homme idéal serait le colonel Francis Younghusband.

– Je suis certain que vous pourriez amener le Vice-Roi à en tomber d'accord avec vous.

– A vrai dire, je préférerais lui proposer mes propres services.

– J'étais sûr que c'était ce que vous aviez en tête ! riposta Sir Terence en souriant. Il y a quatre ans, je vous aurais peut-être approuvé. Mais vous êtes devenu trop précieux pour une mission aussi ponctuelle, même si elle est importante. Vous savez comme moi qu'avec les Tibétains on peut passer des années en négociations sans résultat.

C'était indéniable : les Tibétains étaient passés maîtres dans l'art de tergiverser et de répondre par des faux-fuyants à toute demande, aussi raisonnable fût-elle.

– A mon avis, poursuivit Sir Terence, il faut agir par des moyens plus directs.

– Vous proposez sans doute que Younghusband marche sur Gyang-Tse avec une escorte militaire?

– Il m'a semblé que c'était ce que vous suggériez vous-même dans votre dernier rapport.

– En effet. Cependant, il faudrait d'abord tenter de négocier.

– Je suis d'accord avec vous, Rex, et l'une de vos tâches consistera justement à persuader nos fougueux chefs militaires qu'ils ne doivent entreprendre aucune action offensive au Tibet tant que nous n'y serons pas disposés.

Rex Daviot ne répondit pas et Sir Terence frappa du poing sur la table.

– Nom de Dieu, Rex! Pourquoi hésitez-vous? Vous ne valez pas mieux que les Tibétains! Vous savez comme moi que personne en Inde ne connaît aussi bien que vous la situation dans le Nord.

– Je veux bien en convenir, répondit lentement Rex.

– Encore heureux! Vous avez assez souvent risqué votre vie pour obtenir les informations dont nous avions si désespérément besoin.

Il s'interrompit pour reprendre sur un ton plus calme :

– Que vous soyez revenu vivant de votre dernière expédition au sein de ces tribus, c'est inimaginable.

Rex Daviot eut un petit sourire légèrement sarcastique mais ne répondit pas.

– Vous avez raison, approuva Sir Terence. Gardez vos secrets. Sur la frontière, avec un mot de trop on signe son arrêt de mort!

Ils échangèrent un sourire entendu. Sir Terence se leva.

– Allons rejoindre les dames, dit-il, et lorsque ma femme se retirera pour la nuit, j'aimerais avoir une petite conversation avec Clémence et vous-même.

Rex Daviot lui jeta un regard surpris, mais Sir

Terence, sans attendre sa réponse, se dirigeait déjà vers la porte. Il ne lui restait plus qu'à le suivre.

Lady O'Kerry les accueillit chaleureusement. Clémence, quant à elle, alla se mettre au piano. Sans doute, pensa Rex, pour éviter d'avoir à engager la conversation avec lui.

Elle commença par jouer très doucement, donnant ainsi comme un fond musical au bavardage de Lady O'Kerry. Puis, insensiblement, les notes se transformèrent en une mélodie dont il reconnut l'origine russe.

C'était, lui semblait-il, un air que chantaient en Russie les serfs opprimés par leurs maîtres, souvent cruels. Comme tous les peuples primitifs, c'est par le chant qu'ils exprimaient leurs souffrances.

Etrange, obsédante, cette musique, qui semblait empreinte de significations cachées, demandait à être écoutée non seulement par l'esprit mais par le cœur.

Mais Clémence, qu'éprouvait-elle en la jouant? L'exécution était parfaite – presque professionnelle – mais Rex faisait difficilement la part de la technique et de ce qui traduisait sa personnalité intime.

Lady O'Kerry, comme si elle avait répété son rôle, se leva.

– Il faut me pardonner, Major Daviot, si je me retire de si bonne heure, dit-elle. J'ai souffert toute la journée d'un léger mal de tête, je vous en prie, restez. Je sais combien mon mari apprécie votre compagnie. Nous avons beaucoup trop rarement le plaisir de vous recevoir.

– Vous êtes trop aimable, murmura Rex Daviot.

– Et, je vous en prie, venez me faire vos adieux avant de repartir pour l'Inde, ajouta-t-elle.

Elle sortit, et Clémence, qui s'était levée de son tabouret, s'apprêtait à la suivre quand Sir Terence l'arrêta.

– Viens ici, Clémence.

Elle s'avança vers lui sans un mot. Il lui fit signe

de prendre place sur le canapé, près du fauteuil où était assis Rex Daviot. Ils attendirent tous les deux que Sir Terence se décide à parler.

Adossé à la cheminée, celui-ci déclara enfin :

– Ce que j'ai à dire est très important et vous concerne tous les deux.

Après un moment d'hésitation, il s'adressa à Rex :

– Peu après que vous avez quitté mon bureau ce matin, j'ai reçu un message dont vous comprendrez certainement, l'un et l'autre, la signification.

– De la part de qui, oncle Terence? demanda Clémence avec une nuance d'appréhension dans la voix qui n'échappa à aucun des deux hommes.

– De l'Ambassadeur d'Allemagne.

Rex Daviot, qui l'observait, la trouvait plus pâle qu'au cours du dîner.

Son teint de magnolia et ses yeux expressifs trahissaient ses origines étrangères. Ses cheveux n'étaient pas très foncés, mais ils n'étaient pas blonds non plus, et ils avaient de légers reflets cuivrés qui brillaient à la lueur des lampes à gaz. C'était à cette chevelure et à ces yeux qu'elle devait sa beauté si singulière.

« Elle a un charme étrange », se dit Rex.

Puis, soudain, il prit conscience que cette attitude réservée, « repliée sur elle-même », qui était la sienne, l'empêchait d'éprouver l'attirance qu'aurait dû exercer sur lui une jeune femme aussi belle.

Il l'admirait, comme on peut admirer une sculpture ou un tableau exécutés par un maître, mais aucun élan ne le poussait vers elle. En vérité, elle ne le troublait pas plus que si elle avait été de pierre.

– Dans sa lettre, poursuivit Sir Terence, s'adressant à Clémence, l'Ambassadeur me demande de te transmettre, de la part de sa femme, la Baronne von Mildenstadt, et de lui-même, une invitation au bal qui aura lieu dans leur maison de campagne du Hampshire la semaine prochaine.

Clémence se raidit.

– J'ai entendu parler de ce bal, dit-elle vivement. L'invité d'honneur sera... Son Altesse Royale le Prince Ferdinand.

– En effet, l'Ambassadeur le laisse entendre très clairement, répondit Sir Terence. Et dans un langage très enrobé mais assurément menaçant, il me fait comprendre qu'il considère ta présence comme indispensable.

– Menaçant? s'exclama Rex Daviot.

– Oui, car il a joint à cette invitation une lettre par laquelle il demande une entrevue officielle avec le Ministre des Affaires étrangères, le Marquis de Salisbury.

L'air grave, Sir Terence marqua un temps avant d'ajouter :

– Il exige que je sois présent et la date qu'il propose se trouve être la veille du jour où Clémence devrait se rendre dans le Hampshire!

– Je n'irai pas! déclara-t-elle fermement.

– Si tu n'y vas pas, répondit Sir Terence, si nous refusons comme c'est notre intention, l'Ambassadeur se plaindra au Marquis de mon attitude envers Son Altesse Royale. Il me le laisse sous-entendre. Comme vous le savez l'un et l'autre, il ne me resterait plus alors qu'à offrir ma démission au Premier ministre.

– Mais pourquoi? Pourquoi ferait-il une chose pareille? demanda Clémence.

– Ma chérie, la logique n'a pas cours en matière de diplomatie. Et en cas de conflit, la parole royale l'emporte sur celle d'un simple fonctionnaire.

– De tels procédés sont intolérables! s'écria Rex. Je vois très clairement la manière dont le Prince a décidé de faire pression sur votre nièce pour qu'elle se plie à ses désirs.

– Je ne serai jamais sa... maîtresse! dit Clémence à voix basse.

– La décision t'appartient, ma chère enfant, déclara Sir Terence.

– Mais... peut-il vraiment vous nuire, oncle Terence ?

– Je le crains. Je dois reconnaître que je ne lui ai pas mâché mes mots quand j'ai appris la façon dont il se comportait avec toi. Nous étions seuls, sans témoins, mais Son Altesse Royale ne me pardonnera jamais les vérités bien senties que je lui ai assenées.

– Il peut s'estimer heureux que vous ne l'ayez pas rossé, fit remarquer Rex Daviot.

– C'est alors qu'il y aurait vraiment eu scandale ! répliqua Sir Terence. C'est évidemment ce que j'aurais aimé faire. Mais vous savez aussi bien que moi qu'il aurait trouvé le moyen de se venger.

– Il me semble que c'est bien ce qu'il est en train de faire, rétorqua Rex Daviot, non sans une certaine ironie.

– Pas tout à fait. Son Altesse Royale veut simplement obliger Clémence à l'écouter. J'imagine qu'il a l'intention de lui présenter ses excuses avant de recommencer à l'importuner.

– Je refuse de l'entendre ! déclara fermement Clémence.

– Si tu te trouves dans le Hampshire avec la Baronne von Mildenstadt comme chaperon, tu n'auras guère le choix.

Clémence prit une profonde inspiration.

– Et si je refuse d'y aller, vous croyez vraiment qu'il prendra des mesures pour mettre fin à votre carrière ?

– Il est certain qu'il essaiera. Peut-être n'y parviendra-t-il pas, mais il risque de faire beaucoup de tort à mon travail, ce qui est beaucoup plus grave que de ruiner ma réputation.

– Vous avez parlé tout à l'heure de mon rôle aux Indes, intervint Rex Daviot. Sans vouloir vous flatter, Sir Terence, je considère que vous êtes un élément vital, aussi bien de l'Empire que de l'Europe.

Les deux hommes échangèrent un regard, conscients l'un et l'autre des menaces que faisait peser sur la Grande-Bretagne la puissance toujours croissante de l'Empire germanique.

Comme s'il avait le sentiment d'en avoir dit assez, Sir Terence déclara :

– Je vous ai expliqué à tous deux la situation et maintenant je vais vous laisser en discuter entre vous. Sachez que j'accepterai sans discussion votre décision, quelle qu'elle soit. Vous avez la vie devant vous. La mienne, même s'il me reste encore quelques bonnes années, touche à sa fin.

Sans plus rien ajouter, Sir Terence sortit et referma la porte derrière lui.

Après un moment de silence, Clémence se leva.

– C'est inadmissible! Absolument inadmissible qu'un homme, et à plus forte raison un Prince royal, puisse se conduire d'une façon aussi abjecte!

Elle avait les yeux fixés sur le feu qui brûlait dans la cheminée, et les flammes éclairaient la ligne parfaite de son petit nez droit et de ses lèvres bien ourlées.

Rex, qui l'observait, comprit soudain que ces lèvres n'étaient pas celles d'une femme froide ou insensible. Elles avaient quelque chose de généreux, de sensuel, et il se demanda si cette réserve presque glaciale ne dissimulait pas une nature tout à fait différente.

– Je partage votre avis de tout cœur, répondit-il. Mais je dois ajouter que ce serait une réelle catastrophe pour la Grande-Bretagne de perdre votre oncle actuellement.

– Oncle Terence prétend que la seule solution pour nous sortir, lui et moi, de ce... mauvais pas serait de... me marier.

– Il a certainement raison, affirma Rex. L'annonce de vos fiançailles, avec la bénédiction de la

Reine, vous permettrait de décliner l'invitation de l'Ambassadeur et même, peut-être, de quitter immédiatement l'Angleterre.

Dans l'hypothèse où elle se marierait avec lui... Clémence, qui avait compris l'allusion, continua à fixer le feu dans un silence embarrassé.

– Oncle Terence m'a dit que vous aussi... vous aviez un problème, dit-elle enfin.

– Le mien est beaucoup plus simple. On me propose le poste de Gouverneur des Provinces du Nord-Ouest, mais je n'ai pas les moyens de l'accepter.

Cette réponse lui semblant un peu sèche, il ajouta :

– A dire vrai, je suis déjà endetté à cause de la maladie de mon père. Spontanément, je serais tenté de refuser le poste et de retourner aux Indes comme simple soldat.

– Mon oncle prétend qu'il est extrêmement important que ce soit vous qui soyez nommé.

– J'ai d'autres manières de servir mon pays, même si je reconnais que cela me permettrait de poursuivre la tâche que j'ai entreprise depuis quelques années. Mais, honnêtement, je n'ai pas envie de me marier, et encore moins avec quelqu'un que je n'avais jamais rencontré jusqu'à ce soir.

Comme Clémence ne répondait pas, il continua :

– Je dois vous paraître brutal, mais je pense que nous devons parler franchement. C'est la seule chose à faire.

– Bien sûr, d'autant plus que moi non plus je n'ai aucune envie de me marier. Je hais les hommes! Je les hais! Ce ne sont tous que des animaux!

Elle n'avait pas élevé la voix, et l'effet n'en était que plus saisissant. Comme si ces paroles venaient du plus profond de son être avec une violence contenue. Bien qu'il s'attendît à une réaction de ce genre, Rex en fut frappé.

– Je comprends, dit-il. Mais existe-t-il pour vous une autre solution?

– Je ne sais pas. Je pourrais entrer dans un... couvent. Là, au moins, le Prince ne pourrait pas me suivre!

– Sans véritable vocation, je n'imagine pas vie plus étroite et plus contraignante pour quelqu'un comme vous.

– Pourquoi dites-vous cela? demanda-t-elle d'un ton farouche.

– Votre oncle m'a dit que vous étiez intelligente. Je vois que vous êtes sensible et réceptive. Je vous soupçonne également d'avoir une vive imagination.

Elle le regarda comme si elle lui en voulait de s'intéresser à elle.

– Je suis obligée de reconnaître que c'est aussi ce que je pense, répondit-elle à contrecœur.

– L'important, ce n'est pas nous, c'est votre oncle. Si je suis là ce soir, c'est parce que je suis inquiet à son sujet.

– Il a été bon pour moi... J'aime beaucoup parler avec lui, être avec lui. Pourquoi fallait-il qu'une chose pareille arrive? Pourquoi justement à moi?

Cette question, songea Rex Daviot en se retenant de sourire, les hommes et les femmes se la posaient depuis la nuit des temps à chaque fois qu'ils avaient à affronter un problème personnel. C'était le cri de ceux qui avaient à lutter contre l'inévitable avec la conscience de leur impuissance.

Ce n'était certainement pas le moment d'expliquer à Clémence que sa beauté serait toujours une tentation pour les hommes et qu'elle éviterait difficilement de se trouver en butte à leurs désirs. Bien sûr, c'était une grande malchance que ses charmes aient incité un petit Prince allemand à se conduire d'une manière aussi injurieuse que brutale.

Il se contenta donc de dire à voix haute :

– Nous n'avons le choix qu'entre deux solutions :

sauver votre oncle ou nous sauver nous-mêmes à ses dépens.

Il lui sembla qu'il venait de prononcer un ultimatum dont l'écho emplissait toute la pièce. Clémence releva lentement la tête et, pour la première fois depuis le début de leur conversation, le regarda bien en face.

– Qu'avez-vous l'intention de faire, Major Daviot?

C'était plus un défi qu'une question. Il répondit sans hésitation :

– Parce que j'estime la carrière de votre oncle beaucoup plus que la mienne, parce qu'il s'est voué, comme moi, au service de la Grande-Bretagne, je vous demande de bien vouloir être ma femme!

De ses yeux étranges, elle se mit à scruter son visage comme si elle cherchait à lire au plus profond de lui-même, comme pour s'assurer que ses motifs n'avaient rien de secret ou de plus personnel.

Sans lui laisser le temps de parler, il continua :

– Ce sera bien entendu un mariage de convenance. Je vous traiterai avec tout le respect dû à la femme qui portera mon nom, mais je ne revendiquerai ni les droits d'un époux ni aucune faveur que vous ne soyez prête à m'accorder.

Il devinait en effet les craintes de Clémence dont les joues s'empourprèrent légèrement. Elle lui parut, si possible, encore plus belle. Et un peu plus humaine, un peu moins semblable à une statue de pierre.

Rex Daviot attendait en silence.

– Si vous le promettez... si vous jurez que notre mariage sera un mariage de pure convenance... un expédient... dans ce cas... je suis prête à vous épouser!

Rex Daviot se leva.

– Merci, dit-il. Cela étant décidé, je propose que

nous appelions votre oncle pour discuter avec lui de nos projets.

Sans attendre sa réponse, il partit aussitôt à la recherche de Sir Terence.

Il le trouva dans le petit bureau du rez-de-chaussée où il attendait leur décision. L'appréhension se lisait sur son visage. Il se leva lentement.

– Je vous propose de revenir au salon, Sir Terence. Nous avons beaucoup de choses à régler, pour lesquelles nous avons besoin de votre aide et de vos conseils.

Sir Terence lui tendit la main.

– Merci, Rex. Peut-être ne me croirez-vous pas, mais mon intuition d'Irlandais me dit que vous ne regretterez jamais cette journée.

– Espérons-le, répondit Rex d'un ton légèrement sarcastique. Je ferai de mon mieux pour rendre Clémence heureuse.

Le bref coup d'œil que lui jeta Sir Terence lui fit comprendre qu'il ne se faisait pas d'illusions sur ses sentiments.

Ils gravirent en silence l'escalier qui menait au salon.

Quand Sir Terence passa un bras autour des épaules de sa nièce et l'embrassa, Rex Daviot remarqua qu'elle ne lui rendait pas son baiser, mais qu'elle se laissait faire avec résignation. Elle fuyait visiblement le contact de tous les hommes, même de son oncle.

Dans le fiacre qui le ramenait au Club des Voyageurs, Rex réfléchissait.

Jamais, après toutes ses années de vie aventureuse, il ne s'était trouvé dans une situation aussi extraordinaire. Comment aurait-il pu imaginer ce qui l'attendait en Angleterre, qu'en l'espace de vingt-quatre heures il allait se trouver obligé de prendre une décision qui devait affecter sa vie entière? C'était incroyable : il allait se marier avec une femme à qui, de toute évidence, il déplaisait et qui lui avait fait promettre qu'elle ne serait jamais sa femme que de nom. Même si, comme c'était probable, elle faisait honneur au poste et au titre qui seraient désormais les siens.

Ces événements étaient si invraisemblables qu'il éprouva soudain une violente nostalgie de l'Inde.

Il aurait de beaucoup préféré se trouver déguisé en fakir, entouré d'ennemis qui, au moindre soupçon, n'auraient pas hésité à le vider de son sang.

Il avait beau vivre depuis longtemps dans la familiarité du danger, l'idée ne l'avait pas effleuré qu'en pénétrant dans le Secrétariat d'Etat aux Affaires indiennes, il s'embarquait pour une nouvelle aventure. Et celle-là était si personnelle qu'il avait la conviction qu'elle lui causerait plus de soucis et d'angoisses que toutes celles qu'il avait connues jusqu'ici.

« Qu'ai-je à faire d'une épouse? se demandait-il, et d'une épouse pareille, encore! »

Lorsque Sir Terence avait parlé de leur mariage et les avait remerciés pour la considération qu'ils lui témoignaient, il n'avait vu dans le regard de Clémence que répugnance.

– Je n'ai pas besoin de vous répéter, avait déclaré Sir Terence, ce que cela signifie pour moi. Tout ce que je peux dire, vous connaissant tous deux depuis un certain temps, c'est que vous êtes l'un et l'autre de fortes personnalités et, chacun à votre manière, uniques en votre genre! C'est un peu comme si le destin avait décidé de vous réunir! avait-il ajouté avec un petit rire.

« Si c'est vrai, dans ce cas le destin a combiné un mélange plutôt mal réussi », se dit Rex.

Clémence, il l'avait bien senti, n'avait résisté qu'au prix d'un immense effort à l'envie de se dédire. Elle aurait voulu crier qu'elle refusait ce ridicule simulacre de mariage, que pour elle, vivre avec un homme, quel qu'il soit, c'était entrer au purgatoire.

Sans compter l'antipathie personnelle qu'elle paraissait éprouver pour lui, Rex.

Néanmoins, il essaya de se convaincre qu'il se faisait des idées, que c'était de la part de Clémence une simple réaction à la difficile et embarrassante décision qu'elle avait dû prendre.

Ils avaient eu encore bon nombre de problèmes à débattre avec Sir Terence.

– Peut-être allez-vous penser que mes craintes sont exagérées, avait-il déclaré, mais je me méfie du Prince. Lorsqu'un homme aussi dépravé et opiniâtre que lui est transporté d'amour, rien ne l'arrête – et quand je dis rien, je veux dire rien!

– Vous appelez cela de l'amour? avait demandé Clémence d'une voix pleine de mépris.

– Appelle ça comme tu voudras, mais le fait est que tu lui as totalement fait perdre son sang-froid. Tu l'as amené à un point où il ne réfléchit plus aux conséquences de ses actes, et c'est là le danger.

Comprenant qu'il poursuivait un but en leur tenant ces propos, Rex Daviot demanda:

– Que suggérez-vous?

– Plus tôt vous serez mariés et aurez quitté le pays, mieux cela vaudra. Peut-être ai-je l'air de dramatiser, mais le sort de Clémence me préoccupe plus que le mien. Il faut la soustraire à la vue du Prince.

– Je suis de votre avis, approuva Rex. Comme je désire moi-même repartir au plus vite pour les Indes, je propose que vous demandiez audience à la Reine le plus tôt possible afin d'obtenir une dispense qui nous permettrait de nous marier dès le lendemain.

Il s'interrompit et ajouta, l'air songeur:

– Il me semble qu'en pareil cas un préavis de vingt-quatre heures est nécessaire.

Il lui paraissait néanmoins incroyablement ridicule de solliciter une dispense pour épouser une femme qu'il voyait ce soir pour la première fois.

– J'expliquerai à la Reine, et aux autres, que ce mariage était convenu entre vous depuis longtemps, mais qu'il était impossible de prendre aucune disposition tant que vous étiez aux Indes, déclara Sir Terence.

Il poursuivit avec un sourire malicieux :

– Sa Majesté, avec sa vocation bien connue de marieuse, va aplanir toutes les difficultés, et vous passerez votre lune de miel à Lucknow, dans le Palais du Gouverneur.

– Cela me semble tout à fait plausible, affirma Rex.

– Il me faut d'abord en aviser le Prince par l'intermédiaire de l'Ambassadeur d'Allemagne. Je vais me rendre à la Chancellerie immédiatement après votre départ et annoncer au Baron von Mildenstadt l'heureuse nouvelle.

Rex hésita.

– Ne pensez-vous pas qu'il serait plus sage d'attendre que nous soyons effectivement mariés?

– Oui, peut-être avez-vous raison, répondit Sir Terence après un instant de silence. Jusqu'au dernier moment ce démon pourrait trouver le moyen de persécuter Clémence ou même de vous supprimer! Je l'en crois capable!

– Alors, tâchons de garder le secret jusqu'à ce que nous soyons en pleine mer, proposa Rex qui trouvait à part lui toute cette histoire absurde.

Comment le Souverain d'une petite Principauté allemande pouvait-il constituer pour eux une menace telle qu'ils soient obligés de fuir leur propre pays?

Cependant, l'expérience lui avait appris qu'il ne fallait jamais sous-estimer l'ennemi. Par ailleurs, il respectait assez Sir Terence pour savoir que, connaissant les hommes comme il les connaissait, au courant surtout de tout ce qui se tramait en coulisse, le danger dont il parlait devait être bien réel.

– C'est en effet ce qu'il faut faire, décida Sir Terence.

– Si Clémence est d'accord, naturellement, dit Rex.

Il avait le sentiment qu'elle se tenait délibérément à l'écart et voulait l'obliger à exprimer une opinion.

– Je... je suis d'accord.

Maintenant qu'il y repensait, Rex entendait clairement les réticences qui s'étaient exprimées dans sa voix.

C'était une voix douce et musicale, mais avec quelques accents très durs et, d'une certaine façon, quelque peu intimidante. Et Rex était bien résolu à ne pas se laisser intimider ou asservir par sa femme. Elle était peut-être riche, elle lui offrait peut-être plus qu'il n'avait à offrir, mais, en l'occurrence, ils devaient se noyer ou surnager ensemble ou, plus exactement, sauver Sir Terence ou le laisser s'enfoncer.

Le fiacre s'arrêta devant le Club des Voyageurs, mais Rex Daviot ne se sentait pas d'humeur à se retrouver seul.

Il était à Londres, au cœur d'une capitale qui ne manquait pas de divertissements pour les hommes désireux d'échapper à l'ennui, au découragement ou, comme lui-même, à la crainte de l'avenir. La nuit n'était pas encore très avancée et il aurait tout le temps de dormir pendant son voyage.

Au cocher qui attendait qu'il descende, il lança brusquement :

– A l'Empire!

Puis s'enfonçant de nouveau dans son siège, tandis que le cheval repartait, il fit le projet d'une soirée qui, pour un jeune Lieutenant isolé dans les plaines brûlantes des Indes, représentait un moment de pur plaisir, d'excitation violente et débridée.

Après le départ de Rex Daviot, Clémence était montée dans sa chambre, convaincue que sa tante serait encore éveillée et l'attendait pour savoir ce qui s'était passé.

Sir Terence n'avait pas révélé à sa femme la raison pour laquelle il tenait à dîner en famille avec Rex Daviot pour seul invité.

– Mais il faut donner une réception en son honneur! protesta Lady O'Kerry. C'est un homme tellement séduisant, et il y a tant de gens qui brûlent de le rencontrer!

Elle ajouta en regardant son mari d'un œil malicieux :

– En dépit de votre silence et de vos mines de conspirateur, je peux vous assurer, Terence, que la plupart des gens savent que le Major Daviot fait partie des Services secrets et qu'il a été le héros de plus d'une extraordinaire aventure.

– Voulez-vous bien vous taire! s'écria Sir Terence.

– Je ne fais que répéter ce que j'ai entendu dire dans les salons, répliqua Lady O'Kerry d'un ton chagrin.

– Maudites femmes! Pour les commérages, elles surpassent tous les bazars indigènes! rugit Sir Terence.

Sa femme se mit à rire.

– Je vois, très cher, que j'ai touché là un endroit sensible, mais ce n'est pas une raison pour ne pas organiser une soirée pour le séduisant Major Daviot avec quelques jolies femmes.

Elle fit une petite pause et ajouta :

– Lors de son séjour ici, l'an dernier, il s'était épris de Lady Barnstaple, mais je suppose que cela appartient désormais au passé?

– Il dînera seul avec nous et Clémence! Je n'ai pas l'intention de discuter la question plus avant!

– Alors, invitons quelques personnes après le repas. La Duchesse me disait justement qu'elle avait rencontré Rex Daviot à Simla et que toutes les femmes étaient folles de lui. Cela ne me surprend pas, ajouta-t-elle avec un petit soupir. C'est l'image même du héros dont je serais tombée amoureuse à l'âge de Clémence...

Elle s'interrompit, poussa une petite exclamation de stupeur et s'écria :

– Voilà pourquoi vous voulez qu'il vienne seul! Suis-je donc bête de ne pas y avoir pensé! Evidemment, comment trouver mieux?

Comme Sir Terence ne répondait pas, Lady O'Kerry enchaîna :

– J'espère que Clémence se montrera un peu plus aimable que la semaine dernière. Elle s'est conduite de façon abominable avec Lord Antrim, lorsque nous l'avons rencontré au Parc. Et elle continue à refuser toutes les invitations. Vraiment, cela me brise le cœur!

– Je vous en prie, Emily, faites simplement ce que je vous demande. Je veux un bon dîner pour nous quatre, et ensuite je vous suggère d'avancer une de vos excuses pleines de tact pour vous retirer de bonne heure.

– Vous complotez quelque chose! s'écria Lady O'Kerry. Je le reconnais au son de votre voix, Terence, et je veux savoir ce que c'est.

– Je vous le dirai quand les dés seront jetés, lui promit-il finalement.

Bien que Lady O'Kerry eût tenté de soutirer à Clémence le fin mot de l'histoire, force lui fut d'attendre patiemment dans sa chambre, tandis qu'en bas on « jetait les dés ».

Clémence n'avait nulle envie de lui annoncer la nouvelle. En fait, l'idée même d'en parler à quiconque la mettait au supplice.

Aussi était-elle montée directement dans sa chambre et, au lieu de sonner comme à son habitude pour qu'on vienne l'aider à se déshabiller, elle s'assit sur un tabouret devant la coiffeuse, les yeux fixés sur son miroir.

Mais ce qu'il lui renvoyait, ce n'était pas son propre reflet. Mais celui du Prince au moment où il avait forcé la porte de sa chambre et s'était précipité sur elle avant même qu'elle n'ait pu protester. Encore aujourd'hui, ce souvenir lui donnait la nausée.

Jusqu'alors, elle n'avait jamais connu la peur, la peur que vous inspire un autre être humain, la peur d'un homme qui ne se maîtrise plus et se trouve ravalé au rang d'animal.

Elle avait lutté de toutes ses forces, terrifiée par la conscience de son impuissance. Puis, lorsqu'il avait commencé à déchirer ses vêtements, elle avait crié, crié en secouant la tête pour l'empêcher de lui plaquer sa main sur la bouche.

Elle s'était sentie terriblement humiliée par cette agression, et presque autant par ce qui avait suivi : les gens accourus à son secours, le Prince traîné hors de la chambre, elle-même devenue un objet de pitié et de commisération. Et elle avait eu l'impression, malgré l'horreur qu'inspirait à tous la conduite du Prince, qu'on la soupçonnait de l'avoir encouragé.

Elle savait bien, elle, qu'il n'avait eu besoin d'aucun encouragement. Comme il l'avait avoué lui-même, il était tombé éperdument amoureux à l'instant même où il l'avait aperçue.

Aucune femme n'aurait pu s'enorgueillir ou se vanter d'un amour pareil qui n'était qu'un appétit effréné de possession. La moindre de ses paroles enflammait ce désir malsain et brutal, qui l'effrayait autant que si elle avait dû faire face à un tigre mangeur d'hommes.

Il lui semblait, tout à coup, qu'elle aurait dû flairer le danger dès sa première rencontre avec le Prince et tout faire pour l'éviter. Elle n'avait d'abord fait que danser une fois ou deux avec lui quand elle le rencontrait au bal, et l'idée ne lui était pas venue, quand elle avait accepté cette invitation à la campagne, qu'il serait présent. En fait, il avait habilement manœuvré, et lorsqu'elle avait voulu lui exprimer son aversion, il était trop tard : il avait perdu la tête et tenté de la violer.

Et maintenant, chose effroyable, pour échapper à un homme, elle devait en épouser un autre!

– Je le hais! murmura-t-elle. Je le hais et je jure que s'il manque à sa promesse et essaie de me toucher, je le tuerai!

Un instant, on eût dit qu'une flamme faisait rougeoyer la prunelle sombre de ses yeux. Puis elle ajouta :

– Ou si je ne le tue pas... alors, je me tuerai moi-même!

3

Sir Terence leva son verre.

– A votre bonheur! dit-il. Et si j'en crois mon cœur, vous le trouverez.

Clémence, l'air sceptique, se sentit malgré tout obligée de répondre à des vœux exprimés avec une telle sincérité.

– Merci, oncle Terence.

Lady O'Kerry essuya une larme.

– Je regrette seulement que vous n'ayez pu avoir un mariage dans les règles, dit-elle. J'aurais tant aimé une cérémonie à la cathédrale Saint-George ou à l'église Sainte-Margaret de Westminster. J'avais dix demoiselles d'honneur lorsque je me suis mariée...

– Et toutes aussi laides les unes que les autres! coupa Sir Terence.

Tout le monde se mit à rire et Clémence comprit que son oncle, comme à son habitude, avait habilement détourné une de ces scènes sentimentales qu'affectionnait sa tante.

– Personnellement, je suis fort heureux que nous nous soyons mariés sans cérémonie, déclara Rex Daviot.

La veille, il avait été reçu au château de Windsor par la Reine, qui l'avait félicité non seulement pour ses exploits mais aussi pour son prochain mariage.

– Je regrette pourtant, avait-elle remarqué sur un ton légèrement désapprobateur, qu'il ait lieu avec tant de précipitation.

– Votre Majesté doit comprendre que je dois absolument retourner aux Indes aussi vite que possible.

L'ayant distraite par cette idée, il avait réussi ainsi à éviter une situation pénible, et la Reine n'avait pas pensé qu'il allait tout simplement se marier dans un bureau de l'état civil.

– J'ai reçu des rapports qui m'inquiètent, déclara-t-elle. Des agents russes se seraient infiltrés au Tibet.

Connaissant la Reine, Rex Daviot ne fut pas trop étonné de la voir en possession du plus secret des secrets qui aurait dû être gardé même vis-à-vis d'elle.

– Nous ne sommes pas certains que les Russes soient effectivement à Lhassa, Madame, mais le Premier ministre du Népal qui, comme le sait Votre Majesté, a toujours été un ami de la Grande-Bretagne, nous a fait quelques allusions troublantes.

– C'est ce que j'ai entendu dire, et je ne vous apprendrai pas, Lord Daviot, que ce serait une catastrophe si les Russes occupaient le Tibet comme ils ont tenté d'occuper l'Afghânistân.

On était toujours surpris de constater à quel point la Reine était bien informée et s'intéressait à la moindre parcelle de son vaste Empire. Mais les Indes étaient particulièrement chères à son cœur. Lorsque son valet de chambre, le dévoué John Brown, était mort, elle l'avait remplacé par un Indien nommé Munshi.

La conversation dura encore un petit moment puis Rex Daviot quitta le château de Windsor, sachant que, dès le lendemain matin, on pourrait lire dans la *Gazette* l'annonce de sa nomination et de son accession à la pairie.

C'était donc sous le titre de Lord Daviot qu'il avait épousé Clémence. Sir Terence estimant qu'il valait mieux être prudent, ils devaient partir dès midi pour Southampton et, de là, s'embarquer pour

Bombay. De Bombay, ils se rendraient ensuite à Calcutta.

– Après avoir rendu visite au Vice-Roi, à Calcutta, vous prendrez le train pour Lucknow, déclara Sir Terence qui poursuivit avec gravité : Prenez bien garde à vous, Rex. Beaucoup se réjouiront, aux Indes, de vous voir admis au digne rang de Gouverneur. Mais vous serez également en butte à la malveillance, à la jalousie et à la haine.

Il marqua un temps avant d'ajouter :

– Ce qui compte, c'est la crainte que vous inspirerez à ceux qui savent combien vous pouvez être impitoyable.

Il faisait allusion à tous les espions et agents à la solde des Russes que Lord Daviot avait démasqués – et parfois éliminés – à temps pour les empêcher de nuire.

Il est toujours facile, dans un pays conquis, de trouver des rebelles ou des individus prêts à tout pour de l'argent, d'où qu'il vienne. Et les Russes excellaient à attiser la haine de ceux qui souhaitaient une guerre sainte et voulaient débarrasser l'Inde des Anglais, ou de ceux qui, tout simplement, avaient une âme de rebelle.

Les Services secrets indiens étaient considérés comme les meilleurs du monde, et au service de ce que l'on appelait le « Grand Jeu », on comptait des hommes tout dévoués, qui donnaient leurs meilleures années et souvent même leur vie à leur pays.

Quelle place une femme pourrait-elle avoir dans cette vie passionnante mais dangereuse qui était la sienne ? se demandait Rex. Il était bien décidé à ce que le mariage ne l'empêche pas de poursuivre ses activités mais, désormais, il lui faudrait se montrer très prudent. Il était hors de question que le Gouverneur des Provinces du Nord-Ouest disparaisse pendant des semaines ou des mois sous des déguisements variés, comme il l'avait fait jusqu'à présent.

Bien entendu ses vieux amis, ceux qui l'avaient secondé dans le passé, étaient toujours là pour lui prêter main-forte. Il continuerait à recevoir, de tous les coins des Indes, d'étranges messages, envoyés par des hommes de toutes sortes et de toutes conditions.

Le « Grand Jeu » avait en effet ceci d'extraordinaire et de fascinant que chacun, mis à part quelques personnages très haut placés, ignorait l'identité de l'autre. Les agents n'étaient que des numéros et, bien qu'il leur arrivât de se rencontrer par hasard ou de s'aider en cas d'urgence, ils étaient deux, Rex et un autre, à connaître leurs véritables noms et l'endroit où il était possible de les contacter. Ce qui rendait la tâche très difficile à l'ennemi, qui avait le plus grand mal à démêler les fils de cette toile inviolable qui recouvrait un pays où des centaines de populations diverses étaient gouvernées par une poignée de Britanniques.

Et pourtant, mises à part toutes les appréhensions que pouvait lui inspirer l'avenir, Rex devait reconnaître qu'il aurait été malaisé de trouver une femme plus belle que la sienne, l'eût-il cherchée dans le monde entier.

Désireux de garder le secret jusqu'au bout, il s'était rendu seul en fiacre au bureau de l'état civil. Clémence, accompagnée de Sir Terence et de Lady O'Kerry, l'avait rejoint un quart d'heure plus tard.

Sa présence parut illuminer toute la pièce et Rex remarqua que l'officier de l'état civil et son greffier la dévisageaient d'un air médusé, presque bouche bée. Elle ne portait pas la traditionnelle robe blanche, mais une robe de voyage en tissu soyeux, sous une veste de velours ajustée, bordée de zibeline. Sans doute n'était-elle pas superstitieuse – ou alors c'était un défi : sa robe ainsi que les plumes d'autruche qui agrémentaient son chapeau étaient couleur vert émeraude.

Elle tenait à la main un bouquet d'orchidées

mauves. Pensant qu'elle voudrait avoir des fleurs assorties à sa tenue, Rex avait chargé Sir Terence de les acheter pour lui. Légèrement amusé par le choix qu'elle avait fait, il était cependant obligé d'admettre qu'elle ressemblait elle-même à une étrange fleur exotique qui ne pouvait laisser aucun homme indifférent.

Elle garda les yeux baissés lorsqu'il la salua, et il se demanda si c'était par timidité ou simplement parce qu'elle le haïssait et haïssait l'idée de devenir sa femme.

Il n'eut pas le temps d'approfondir la question car l'officier de l'état civil attendait, et le temps de prononcer les quelques formules d'usage, ils étaient devenus mari et femme, sans la bénédiction de l'Eglise.

Après avoir signé le registre, ils se remirent en route pour la maison dans la berline de Sir Terence. Du champagne et quelques plats froids attendaient et, bien que personne ne semblât avoir grand faim, le vin parut à Rex le bienvenu.

Après avoir réussi à susciter des sourires et même quelques rires, Sir Terence jeta un coup d'œil à l'horloge.

– Je pense, ma chère Clémence, que tu devrais commencer à te préparer.

– Oui, bien sûr, oncle Terence, répondit Clémence qui sortit, aussitôt suivie de Lady O'Kerry.

Sir Terence posa son verre.

– Archerson vous attend à la gare, dit-il, avec les tout derniers rapports reçus ce matin, et une lettre que je vous serais reconnaissant de transmettre au Vice-Roi, ainsi qu'une autre pour le Commandant en chef.

– Y a-t-il autre chose que je puisse faire pour vous?

Sir Terence sourit.

– Contentez-vous de poursuivre votre excellent travail.

– Sa Majesté a entendu dire qu'il y aurait des agents russes à Lhassa. Pensez-vous que ce soit vrai?

Sir Terence haussa les épaules.

– Il est absolument impossible d'avoir beaucoup d'informations sur ce qui se passe au Tibet, mais il me paraît évident que de nous tenir occupés sur la frontière du Nord-Ouest peut être une manière de détourner notre attention de ce qui se trame de l'autre côté de l'Himalaya.

Rex soupira. Il se rappelait le combat acharné qu'il avait fallu mener ces dernières années pour barrer à la Russie la route de l'Afghânistân. Mais par-delà se trouvaient d'autres pays, dont le Tibet, où les Russes pouvaient encore leur causer des torts incalculables s'ils en avaient l'occasion.

En fait, il avait été lui-même tellement accaparé par les tentatives d'insurrection fomentées par les Russes autour de la passe de Khyber que, jusqu'à présent, il n'avait pas eu de temps à consacrer à une autre frontière.

Comme s'il devinait ses pensées, Sir Terence reprit :

– Je vous envie! Sincèrement, je regrette de ne pas être un peu plus jeune! Il me semble qu'un bon nombre de perspectives inexplorées s'ouvrent devant nous.

– Et moi, je regrette sincèrement que vous ne puissiez m'accompagner. Mais, grâce à Dieu, nous avons, en la personne de Lord Curzon, un Vice-Roi qui a passé de nombreuses années aux Indes et qui comprend les problèmes.

– C'est un homme étrange, fit remarquer Sir Terence. Brillant, vous le savez comme moi, et pourtant il est à lui-même son propre ennemi.

– C'est vrai. Néanmoins, je crois que son nom restera gravé dans l'histoire et que les Indes lui seront toujours reconnaissantes.

– J'en suis sûr, approuva Sir Terence.

Rex fut frappé par l'étrangeté de cette conversation, prenant place si peu de temps après son mariage. Comme si sa pensée avait suivi le même chcminement, Sir Terence sortit sa montre.

– Vous devez partir dans quelques minutes. Il ne faudrait pas que vous manquiez le train.

– Non, bien sûr.

La porte s'ouvrait justement et ils se retournèrent tous les deux, s'attendant à voir apparaître Clémence, mais à leur grand étonnement un domestique annonça :

– Son Altesse Royale le Prince Ferdinand de Schertzenberg !

Il y eut un moment de silence. Puis Sir Terence s'avança au-devant de lui.

– Votre Altesse Royale ! Quelle surprise !

– Le Baron von Mildenstadt n'ayant reçu aucune réponse à l'invitation qu'il a envoyée à votre nièce, je suis venu vous demander la raison de ce retard, dit-il sur un ton par lui-même injurieux.

C'était un grand et bel homme d'environ trente-cinq ans, dont la fierté et l'arrogance teutonnes heurtaient la plupart des gens. Bien qu'il fût vêtu tout à fait normalement, il donnait l'impression d'être en uniforme et couvert des insignes de son rang, de sorte qu'il était impossible de voir en lui autre chose qu'un militaire et un chef, imbu de sa propre importance.

Le Prince attendait la réponse de Sir Terence qui chercha à gagner du temps.

– Puis-je me permettre de présenter Lord Daviot à Votre Altesse ?

Le Prince fronça les sourcils, visiblement mécontent de cette diversion. Puis, comme Rex le saluait ainsi que l'exigeait son rang, il déclara :

– Daviot ? J'ai l'impression de connaître ce nom. Mais oui ! Je l'ai entendu citer en relation avec les Indes.

– C'est exact, Sire.

– Mais j'ignorais que vous aviez le titre de Lord.

– Je l'ai acquis très récemment.

– C'est évidemment l'explication, remarqua le Prince. Ma mémoire ne me fait jamais défaut.

Assertion que personne n'avait jamais contestée.

Chassant Rex de son esprit, il s'adressa de nouveau à Sir Terence :

– En ce qui concerne cette invitation, je tiens beaucoup, et la Baronne von Mildenstadt y tient aussi, à ce que votre nièce assiste au bal qui doit être donné en mon honneur.

– C'est avec un profond regret que Clémence se voit obligée de décliner l'aimable invitation de la Baronne, répondit Sir Terence.

– Et pourquoi ça?

La question était partie comme un coup de pistolet, accompagnée d'un regard qui aurait fait trembler n'importe lequel des compatriotes du Prince.

– Clémence... commença Sir Terence.

La porte s'ouvrit au même instant, livrant passage à la jeune femme.

Elle n'avait pas quitté la robe qu'elle portait pour le mariage mais avait revêtu par-dessus une lourde cape de velours noir, doublée et bordée de fourrure. Elle avait également remplacé son chapeau garni de plumes par un autre plus petit, à brides nouées sous le menton.

Elle était ravissante, si ravissante que le visage du Prince s'éclaira. Il avait l'air de la dévorer de ses yeux légèrement exorbités.

Stupéfaite, mais avec un sang-froid admirable étant donné les circonstances, elle lui fit la révérence.

– Je cherche à vous voir depuis des jours et des jours! murmura le Prince. Je suis venu aux nouvelles, savoir pourquoi vous n'aviez pas répondu à l'invitation de Son Excellence.

Il la dominait de toute sa stature, parlant sur un

ton qui aurait intimidé plus d'une femme. Mais Clémence conserva un calme parfait.

– Je suppose que mon oncle vous en a donné la raison.

– Non, pas encore, répliqua le Prince avec humeur. Je préfère l'entendre de votre propre bouche.

Rex dut réprimer une soudaine envie de le frapper en voyant la manière dont il regardait les lèvres de la jeune femme.

Sans hâte, la tête haute, elle s'approcha de lui.

– Puis-je me permettre de présenter mon mari à Votre Altesse?

Sa voix ne tremblait pas, et seul Rex, avec sa sensibilité aiguisée, sentit qu'elle était effrayée.

– Mariée?

Le Prince était manifestement ahuri.

– Mariée? répéta-t-il. Mais comment est-ce possible?

– Depuis ce matin, expliqua Sir Terence. Ma nièce et Lord Daviot s'apprêtent à partir à l'instant même pour les Indes. Je suis sûr que Votre Altesse Royale sera heureuse de leur présenter ses félicitations et ses vœux de bonheur.

Le ton menaçant qu'il avait employé ne pouvait échapper au Prince. Mais ce dernier restait figé, l'air farouche, comme un animal qui vient de voir sa proie lui échapper.

Il demeura ainsi un long moment. Puis comme Sir Terence s'apprêtait à rompre le silence, sa femme entra.

– On vient de m'annoncer la visite de Votre Altesse Royale, déclara Lady O'Kerry sur le ton léger et artificiel de la femme du monde. Comme c'est aimable à vous, Sire, et quel plaisir pour nous de vous voir offrir à notre chère Clémence vos vœux de bonheur!

Elle lui fit sa révérence, s'interposant ainsi entre

eux et empêchant le regard furibond du Prince de se poser sur le visage très pâle de sa nièce.

Elle se redressa, et il ne put faire autrement que de répondre.

– En effet, Lady O'Kerry, mais c'est une grande surprise! Pourquoi ne m'en a-t-on rien dit?

Il les soupçonnait visiblement de chercher à le mystifier, à le tromper pour une raison quelconque.

– Lord Daviot n'est rentré des Indes que depuis trois jours, expliqua Sir Terence, et hier, il a dû se rendre à Windsor pour recevoir de la Reine la confirmation de sa nomination au poste de Gouverneur des Provinces du Nord-Ouest.

Le Prince, sans tenir compte de son hôte, s'adressa directement à Clémence :

– Vous partez vraiment pour les Indes?

– A l'instant même, intervint Rex, et je suis sûr que Votre Altesse comprendra qu'il nous faut le faire sur-le-champ si nous ne voulons pas manquer le train.

Il s'approcha de Lady O'Kerry et lui tendit la main.

– Merci pour toutes vos bontés, lui dit-il. Et j'espère que vous arriverez à persuader votre mari de venir nous rendre visite à Lucknow.

– Je l'espère aussi. Rien ne pourrait nous faire plus plaisir, répondit-elle.

Clémence l'embrassa.

– Au revoir, très chère tante, et merci pour tout.

Pour suivre son mari qui se trouvait déjà sur le palier, elle fut obligée de passer devant le Prince.

Il la regardait comme quelqu'un qui a reçu un coup totalement inattendu et qui, plein d'une colère folle, rumine sa vengeance.

Clémence lui fit une nouvelle révérence.

– Au revoir, Votre Altesse!

– Alors, c'est vrai? demanda-t-il à voix basse. Vous partez réellement pour les Indes?

Sans répondre, Clémence se dirigea vers la porte. Le Prince tendit la main, comme pour l'arrêter.

– Attendez!

Sir Terence s'empressa de s'interposer.

– Si Votre Altesse veut bien m'excuser, je vais simplement accompagner ma nièce jusqu'à la voiture, dit-il.

Sans attendre, il sortit du salon et referma la porte derrière lui.

Rex était déjà dans le hall où un domestique empressé l'aidait à enfiler son pardessus. L'aide de camp du Prince se trouvait là également, presque au garde-à-vous.

Les effusions n'étant guère possibles, en l'occurrence, Clémence se contenta d'embrasser son oncle, puis encore une fois sa tante, et elle monta en voiture. Rex la suivit, tandis que Sir Terence et Lady O'Kerry, très émus, agitaient leur mouchoir en signe d'adieu.

Rex s'installa dans un coin.

– Voilà une surprise aussi désagréable qu'inattendue!

– Comment a-t-il osé venir sans en avoir été prié, pour me forcer à accepter cette invitation! s'écria Clémence.

L'incident clos, sa voix tremblait maintenant de fureur et d'émotion.

– Oubliez-le! conseilla Rex. Vos chemins ne risquent plus de se croiser dorénavant; il a beau avoir la peau épaisse, il doit quand même sentir quand il est battu.

Clémence frissonna légèrement.

– J'espère que vous avez raison, mais j'ai le sentiment que c'est le genre d'animal qui préfère lutter jusqu'à la mort plutôt que de s'avouer vaincu.

– Un spécimen d'un genre particulièrement déplaisant, renchérit Rex. Mais je vous assure qu'il n'est pas en situation de faire quoi que ce soit, sinon d'accepter l'inéluctable.

– Vous ne pensez pas qu'il pourrait... s'attaquer à oncle Terence?

– Cela me paraît difficile. Il est possible qu'il s'y essaie, mais j'en doute : il n'a rien à y gagner.

Ils roulèrent un moment en silence.

– Je devrais sans doute vous remercier de m'avoir arrachée aux griffes d'une créature aussi abjecte, dit enfin Clémence.

– Nous ne pouvons pas passer notre temps à nous congratuler mutuellement, répliqua Rex, légèrement amusé. Personnellement, j'ai pris les remerciements en horreur, à l'âge de six ans, le jour où l'on m'a forcé à écrire à mon parrain avant de me donner le droit de jouer avec les cadeaux qu'il m'avait offerts pour Noël.

– J'ai subi des contraintes du même genre, mais je crois qu'elles sont nécessaires pour apprendre aux enfants les bonnes manières, répliqua Clémence avec l'ombre d'un sourire.

Rex devina la pensée qui avait traversé son esprit, à savoir qu'ils n'auraient pas, eux, d'enfants à qui enseigner les bonnes manières.

Surpris de pouvoir lire en elle si aisément, il comprit qu'il ne s'était pas trompé quand il la vit se détourner et faire semblant de regarder par la vitre.

– J'espère que nous n'allons pas manquer le train, dit-elle avec un peu de précipitation.

– Nous avons tout le temps. Votre oncle est un peu comme ma mère, qui arrivait toujours pour le train précédant celui qu'elle avait l'intention de prendre.

– Cela vaut certainement mieux que de le rater, fit-elle observer.

Ils retombèrent dans le silence, et Rex se demanda si c'était le genre de conversation passionnante qu'il allait devoir supporter jusqu'à la fin de sa vie conjugale. Sans compter les mots-pièges, la crainte du faux pas ou de la remarque à double sens.

Cela en valait-il la peine? L'Inde justifiait-elle vraiment le sacrifice de sa liberté?

Oubliant un instant Clémence, il songea brusquement à un Pathan de sa connaissance – C.17. dans le « Grand Jeu » – dont les rapports avaient sauvé un grand nombre de vies, et qui l'attendait sans doute à Lucknow.

Il y avait aussi un Bengali à Calcutta, un modeste petit commerçant à Bombay, et des douzaines d'autres disséminés dans les vastes plaines grouillantes des Indes, chacun représentant un fil de la toile d'araignée dans laquelle les mouches russes se laissaient prendre aux moments les plus inattendus. C'étaient des gens qu'il ne pouvait abandonner. C'étaient ceux à qui il faisait confiance et qui avaient confiance en lui.

Ils valaient largement les quelques moments difficiles qu'il aurait à passer avec une femme qu'il n'avait jamais souhaité épouser et qui, elle non plus, ne voulait pas de lui.

Le paquebot à bord duquel s'embarquèrent Lord et Lady Daviot ne différait en rien des dizaines d'autres qui transportaient vingt mille passagers dans le monde entier.

Sur la carte, les petits points rouges représentant les bâtiments britanniques en circulation étaient là comme des milliers de globules flottant à travers les artères de la planète.

Rex avait l'impression qu'il aurait pu repérer dans Southampton les passagers destinés à s'embarquer sur le *Bezwada* : jeunes cadets fougueux, vétérans burinés, marqués par d'innombrables fièvres, on ne pouvait pas s'y tromper. C'étaient bien là des Britanniques en service aux Indes.

Puis venaient les épouses « indiennes », à la mine

fatiguée, à la peau flétrie et au teint pâle, qui retournaient à leurs maris après trois ou quatre brèves semaines passées dans la métropole auprès de leurs enfants pensionnaires dans des collèges.

Il y avait aussi naturellement les nouvelles recrues de la « Flottille de Pêche », blondes jeunes filles gloussantes et surexcitées, qui espéraient trouver en Inde l'homme qui leur offrirait le mariage, commencement et fin de toutes leurs ambitions.

Pour des centaines de familles britanniques, le voyage vers l'Orient faisait partie de la vie, tout comme la rentrée des classes ou la visite annuelle chez le dentiste. On retrouvait généralement des amis à bord et l'on se livrait à des intrigues sans fin pour voyager avec le même équipage que celui qui vous avait si bien traité lors d'une précédente traversée.

Mais c'était toujours avec un sentiment d'aventure que l'on voguait vers l'Extrême-Orient sur des bâtiments aux noms évocateurs, aux ponts toujours étincelants, avec leurs vigies en faction sur les passerelles et leur pavillon marchand flottant à l'arrière.

C'était Sir Terence qui s'était occupé des réservations, et il avait certainement usé de son influence pour qu'on leur attribue, à la dernière minute, deux des meilleures cabines, séparées par un petit salon particulier.

Rex s'aperçut tout de suite que, s'il était un voyageur aguerri, il en allait de même pour sa femme, et il se souvint qu'elle avait beaucoup voyagé avec son père.

En entrant dans sa cabine, elle l'examina brièvement, demanda au steward d'apporter les quelques petites choses qui manquaient encore, puis, rapidement et sans la moindre hésitation, fit le tri des affaires dont elle aurait besoin pendant la traversée et de celles qui iraient dans la soute.

Laissant alors à son mari le soin de veiller au reste, elle ferma sa porte avec une détermination qui montrait qu'elle entendait se protéger non seulement de lui, mais aussi de tout ce qui pouvait être une source de préoccupation ou d'angoisse.

Bien que les débuts de leur mariage aient été marqués par un esclandre qui pouvait passer pour de mauvais augure, Rex était néanmoins assez satisfait de la manière dont ils avaient affronté la situation. Ils n'avaient pas permis au Prince de proférer des menaces et ils lui avaient fait clairement comprendre qu'il était relégué au dernier rang dans la vie de Clémence.

Mais en même temps, aussi incroyable que cela puisse paraître, Rex ne pouvait s'empêcher d'éprouver une certaine pitié pour lui. Son regard disait assez que tout son être, tous ses sentiments, tous ses désirs s'étaient concentrés sur Clémence. Elle avait pris une telle importance dans sa vie qu'il allait avoir du mal à se réadapter à la banalité quotidienne.

Rex connaissait bien les hommes, il les comprenait, et il savait ce que signifiait pour un individu comme le Prince, un Allemand dénué d'imagination, de se voir renversé de son piédestal par ce qu'il appelait l'amour. Qu'il ait été disposé à tout oublier, jusqu'à sa dignité, pour ne plus penser qu'au désir qu'il avait d'elle, c'était une expérience dont il lui resterait des cicatrices pendant de nombreuses années, sinon toute sa vie.

Mais même si l'on tenait compte de la beauté exceptionnelle de Clémence, il était difficile de comprendre comment elle avait pu produire sur lui une telle impression, alors qu'elle n'avait pas fait le moindre effort pour le séduire. Peut-être était-ce justement cette indifférence, cette réserve, voire cette froideur glaciale qui avaient failli mener le Prince au bord de la folie.

Quoi qu'il en soit, Rex prévoyait que cet incident n'était que le premier d'une longue série appelée à rendre leur vie commune encore plus difficile.

Ils avaient embarqué une heure avant le dîner. Cinq minutes avant que la cloche n'informe les passagers que le repas était servi, Clémence sortit de sa cabine et entra dans le salon.

Rex avait eu le temps de tout arranger : il avait fait porter dans la soute le surplus de bagages et soigneusement rangé ses livres et ses dossiers. Il y avait des fleurs et des fruits envoyés par Sir Terence, et une bouteille de champagne ouverte attendait dans un seau à glace.

Contrairement à ce qui se faisait habituellement pour le premier soir en mer, Clémence s'était changée pour dîner. Mais elle n'avait pas fait l'erreur de revêtir une robe de soirée, ce qui eût été un impair. Elle portait une ravissante robe de dentelle bleue et avait pris dans son bouquet deux orchidées pour les accrocher à sa taille.

– J'ai pensé qu'un verre de champagne vous ferait peut-être plaisir, déclara Rex.

– C'est très aimable à vous! répondit Clémence, mais, je vous en prie, un demi seulement.

Il obéit et lui demanda :

– Vous sentez-vous un peu mieux?

Elle haussa les sourcils, comme si la question la surprenait.

– Un mariage, suivi d'une pénible rencontre avec un ardent et royal soupirant, doivent quand même laisser des traces.

Il craignit un instant qu'elle ne prît mal sa remarque, mais elle se mit à rire.

– Je ne peux pas dire que ç'ait été tout à fait une journée comme les autres!

– Pour moi non plus, répliqua-t-il. Buvons à un avenir plus serein, du moins jusqu'à notre arrivée en Inde.

Une fois installés dans la salle à manger, après avoir habilement évité de se trouver placés à la table du Capitaine, Clémence lui demanda :

– Si c'est possible, pendant cette traversée, j'aimerais non seulement que vous me parliez de l'Inde, mais que vous me donniez aussi quelques ouvrages à lire. J'ai bien emporté quelques livres, mais je ne suis pas sûre d'y trouver ce que je cherche.

– Et qu'est-ce que vous cherchez?

– Je voudrais comprendre ce peuple que vous allez gouverner et, si le sujet vous paraît trop vaste, je dirai qu'il y a toujours un début à toute chose.

– Bien entendu. Comment se fait-il que votre père ne vous ait jamais emmenée aux Indes?

– Il était trop occupé à gagner de l'argent dans d'autres parties du monde. On peut difficilement imaginer deux frères plus dissemblables que papa et oncle Terence, ajouta-t-elle après lui avoir jeté un coup d'œil.

– De quelle façon?

– Papa était extrêmement ambitieux, mais ses ambitions étaient tout à fait matérialistes, alors qu'oncle Terence se consacre, me semble-t-il, à un idéal.

La remarque lui parut intelligente.

– C'est exact, et vous découvrirez, aux Indes, un grand nombre de gens, aussi bien britanniques qu'indiens, qui mettent leur idéal au-dessus de tout.

– C'est précisément ce que j'aimerais connaître et apprendre de vous. Ce n'est pas une mince entreprise, je le sais, mais j'ai le sentiment que les Indes peuvent m'apporter beaucoup.

– Qu'est-ce qui vous fait penser cela?

Elle hésita un instant avant de répondre :

– Je me suis toujours sentie très attirée par ce pays, par le bouddhisme que j'ai un peu étudié, et je suis sûre qu'il existe en Asie le secret d'une sagesse qu'a toujours ignorée l'Occident.

Rex était franchement surpris. De toutes les femmes auxquelles il avait parlé des Indes, aucune, dans son souvenir, n'avait montré le moindre intérêt pour ce qui l'avait, lui, toujours passionné : les

Veda – les livres sacrés –, le sanscrit – affaire des seuls érudits – et toute la structure religieuse sur laquelle reposait la vie des Indes dans ses multiples aspects.

– J'ai quelques livres avec moi qui vous intéresseront peut-être. Et une fois aux Indes, il vous sera facile de trouver des gens pour vous expliquer les différentes religions et les idéaux qu'elles recouvrent.

Il y avait bien peu de chances, cependant, pour que la curiosité de Clémence résiste au tourbillon de mondanités, aux commérages et aux frivolités qui occupaient la vie des Anglaises. N'ayant que peu de relations, sinon aucune, avec le peuple indien lui-même, elles en étaient réduites, pour la plupart, à remplir leurs journées de préoccupations plus terrestres, dont les moindres n'étaient pas les variations climatiques et les défauts de leurs domestiques.

Comme si elle se rendait compte que, doutant de l'authenticité de son intérêt, il cherchait à se débarrasser d'elle, Clémence se mit à lui poser toutes sortes de questions.

Les questions étaient intelligentes et il y répondait intelligemment. Il n'en demeurait pas moins légèrement sceptique, sachant par expérience que parler aux hommes de ce qui les intéresse n'est souvent pour les femmes qu'un moyen détourné d'accaparer leur attention.

Et pourtant, si Clémence éprouvait de l'intérêt pour lui, elle avait une étrange manière de le montrer. Le dîner fini, elle se leva et l'entraîna vers leurs cabines.

– Est-ce que vous voulez bien me donner ces livres? demanda-t-elle.

– Bien sûr, répondit-il. Ils sont ici, sur le rayonnage.

Il alla prendre pour elle les trois minces volumes qu'il emportait généralement avec lui en voyage.

L'un traitait du bouddhisme, le second était un texte magnifique sur la mythologie hindoue et le troisième avait pour sujet le Tibet.

Ce dernier, il l'avait emporté à l'aller pour se documenter un peu plus sur cet étrange et mystérieux pays d'au delà l'Himalaya, qui devait inévitablement intervenir dans ses conversations avec Sir Terence. Mais il était bien loin de se douter qu'il pourrait être lié à lui de plus près que par ses activités habituelles dans le « Grand Jeu ».

Il lui semblait maintenant que c'était le destin qui l'avait poussé à choisir cet ouvrage. Lucknow se trouvait à proximité de la frontière du Népal, pays situé entre le Tibet au nord-ouest et le Sikkim au sud-ouest. Il fallait traverser le Sikkim pour aller vers Ganzi, et c'est ce qu'il devait discuter avec le Vice-Roi.

Clémence s'empara de ces livres avec une certaine émotion, du moins Rex en eut-il l'impression. Mais avec elle il n'était jamais sûr de rien. Elle était murée dans sa réserve comme derrière un rideau de fer.

– Merci, dit-elle froidement. Bonne nuit.

– Bonne nuit, Clémence!

Il eût aimé la rassurer de quelques mots, lui faire un petit discours pour lui expliquer qu'elle n'avait rien à craindre de lui ou de l'avenir avec lui. C'eût été courtois et il l'aurait fait avec plaisir. Mais elle ne lui en laissa pas le temps. Avant même qu'il n'ait pu lui ouvrir la porte, elle s'était enfermée dans sa cabine et il se retrouva seul au salon.

Il se versa distraitement un verre de champagne, en but la moitié et monta sur le pont. La nuit était froide mais supportable pour un début février. Il s'approcha du bastingage pour contempler les lumières encore visibles qui venaient d'Angleterre.

Il regrettait de ne pas avoir eu le temps de consacrer une journée à la chasse au tir, avant son départ.

Si les circonstances ne l'avaient pas permis, du moins n'avaient-elles pas permis non plus qu'il aille rendre visite à son père, ce dont il se félicitait. Il s'était contenté de lui envoyer une lettre d'excuse courtoise pour éviter qu'il ne se sente blessé s'il apprenait par un tiers qu'il était passé par l'Angleterre sans venir le voir.

Je reviendrai en congé l'année prochaine, avait-il écrit, *et j'espère, d'ici là, recevoir de meilleures nouvelles de votre santé.*

Il avait posté cette lettre la veille, en même temps qu'une autre pour le régisseur du domaine, dans laquelle il lui donnait des instructions pour la mise en route de certains travaux nécessaires et qui attendaient depuis longtemps.

Sachant que ces dépenses seraient réglées avec l'argent de Clémence, il n'avait pu se défendre d'un léger sentiment de culpabilité. Mais il avait conclu, non sans un certain bon sens, qu'il ne pouvait faire moins que de partager sa bonne fortune avec son père et d'en faire profiter le domaine qui, un jour, serait sa demeure et celle de son épouse.

A vrai dire, il ne savait pas du tout si elle s'adapterait à cette maison, pas plus qu'il n'arrivait à se faire une idée de quoi que ce soit à son sujet. Il songea en soupirant qu'il essaierait par tous les moyens de la rendre heureuse et que le premier pas dans cette voie serait d'essayer de la comprendre.

« Ma foi, je suis d'une lamentable ignorance en ce qui concerne les jeunes filles », se dit-il. Sir Terence ne s'était pas trompé en supposant qu'il connaissait peu de femmes. Il avait tout fait dans les cinq dernières années pour les éviter.

Clémence était certainement bien différente des exubérantes et frétillantes jeunes personnes de la « Flottille de Pêche » qu'il avait vues ce soir dans la salle à manger. Avec leur gaieté, leurs regards provocants, leur ignorance manifeste des usages, et dans bien des cas leur total manque d'éducation, elles ressemblaient à sa jeune épouse comme le jour à la nuit.

Clémence, elle, était plus proche des orchidées qui ornaient sa taille. Et pourtant, ce n'était peut-être pas la fleur à laquelle il convenait le mieux de la comparer.

« Plutôt un lis tigré », songea-t-il en évoquant ses ors éclatants et ses pétales mouchetés de noir, fleur à la fois exotique et symbolique du danger attaché à la pure beauté.

« Oui, c'est exactement Clémence, se dit-il presque avec satisfaction. La beauté à laquelle vient se brûler tout homme qui essaie de la posséder! »

Il riait encore de sa propre imagination quand il s'entendit interpeller.

– Rex! Très cher! Est-ce possible? J'ignorais que vous étiez à bord!

4

– Je dois avouer que le titre de Lord vous sied à merveille, déclara Lady Barnstaple dont les yeux bleus pétillaient de malice. Cela rehaussera encore le halo de prestige qui entoure déjà votre personne.

Rex ne répondit pas, habitué qu'il était aux remarques provocantes dont Kitty Barnstaple émaillait ses scènes de séduction.

– Qu'en dites-vous, Lady Daviot? demanda-t-elle à Clémence.

Après un instant de silence, celle-ci répondit avec sérieux :

– Je ne sais pas... Je n'y ai jamais songé.

Kitty Barnstaple se mit à rire.

– Vous vous apercevrez, j'en ai peur, que Rex occupe les pensées de bien des femmes! Je le lui ai souvent dit : il les attire comme le miel attire les abeilles.

– Vous voulez me faire rougir! protesta Rex.

Il se leva pour aller remplir le verre de Kitty. Elle avait tort de lui parler avec cette familiarité devant Clémence, mais il ne pouvait pas l'en empêcher. Depuis l'instant où elle l'avait rencontré à bord, elle n'avait cessé de l'accaparer, avec une ténacité qui lui était propre et qu'il ne connaissait que trop bien.

L'année précédente, à Simla, ils avaient vécu une aventure passionnée mais brève. Cet épisode très agréable était venu de plus fort à propos, au moment où Rex cherchait à donner de lui l'image d'un militaire insouciant en permission.

Chaque été, le Vice-Roi, suivi par toute la bonne société des Indes, allait s'installer à Simla. A 2 200 mètres d'altitude et à 130 kilomètres de la ligne de chemin de fer, c'était l'un des sites les plus extraordinaires du monde.

La ville petite et plutôt laide aurait ressemblé à n'importe quelle station thermale anglaise, si ce n'était la magnifique chaîne de l'Himalaya qui se dressait à l'arrière-plan.

L'air y était électrique, pauvre en oxygène, si bien qu'à leur arrivée les visiteurs s'essoufflaient rien qu'à monter quelques marches. Mais il était aussi particulièrement vif, donnant à chacun un entrain inhabituel.

Simla était devenue non seulement un lieu de distraction et d'animation fiévreuse, mais également le rendez-vous des amoureux. Et de toutes les femmes qui séjournaient alors à la Résidence du Vice-Roi, Kitty Barnstaple était indéniablement la plus séduisante et la plus jolie.

Dès l'instant où ses yeux s'étaient posés sur Rex Daviot, elle ne lui avait pas caché que s'il était celui qu'elle espérait trouver aux Indes, il était plus encore : l'homme de ses rêves.

Rex était habitué à ce que les femmes s'éprennent ainsi de lui, mais Kitty était différente des autres en ce sens que, derrière ses apparences frivoles, elle possédait un esprit et une intelligence plutôt rares.

La Résidence du Vice-Roi, terminée en 1888 et décorée par Maple and Co. de Tottenham Court Road, ressemblait, avec sa vaste toiture de chalet et ses deux étages de vérandas en bois, à un pavillon de chasse tyrolien.

On eût dit, par ailleurs, qu'elle avait été entièrement conçue pour favoriser les intrigues amoureuses clandestines. En effet, la Résidence elle-même étant trop petite pour y recevoir de nombreux invités, ceux-ci, de même que les aides de camp, étaient logés dans de petits pavillons particuliers.

Etant célibataire, Rex s'en était vu attribuer un pour lui tout seul. Et il y avait certainement quelque chose d'agréable et de piquant, quand il rentrait le soir, à attendre là que Kitty, dissimulée sous une cape noire et un voile, se glisse jusqu'à lui à travers le jardin fleuri, comme un fantôme.

Leur aventure avait baigné dans un charme enchanteur, mais, en quittant Simla, Rex savait qu'elle appartenait déjà au passé. Et il n'avait pas l'intention de ressusciter ce plaisant intermède alors qu'il était prétendument en pleine lune de miel.

Le lendemain de leurs retrouvailles à bord, Kitty était venue le rejoindre sur le pont supérieur où il était monté prendre l'air avant de se retirer dans sa cabine, et elle était restée près de lui, douillettement emmitouflée dans un manteau de zibeline dont la capuche encadrait joliment son visage malicieux.

– Vous m'avez manqué, Rex, dit-elle à voix basse. Je pense souvent à cette petite chambre, sous les étoiles, qui a été pour moi le paradis sur terre.

Comme il ne répondait pas, elle ajouta au bout d'un moment, avec une intonation qui lui était très familière :

– Oh... Rex!

C'était à la fois un cri, une prière et une invitation. Mais lorsqu'elle appuya sa joue sur son épaule, il lui dit calmement, les yeux fixés sur la mer :

– Non, Kitty!

– Non?

– Nous sommes l'un et l'autre suffisamment intelligents pour savoir que c'est toujours une erreur de vouloir remuer les cendres.

– Seulement si le feu est éteint. Il est éteint, Rex?

Pendant un bref instant, il se posa lui aussi la question.

Il n'avait pas oublié la douceur de ses bras, la chaleur de ses lèvres, le parfum de sa chevelure. Mais, quels que soient les désagréments que lui réservait son mariage, il était décidé à tenir son rôle en galant homme.

Il n'avait même pas besoin d'exprimer ce qu'il ressentait : Kitty l'avait suffisamment aimé pour comprendre ses états d'âme. Elle se contenta de pousser un profond soupir et il se retrouva seul à contempler les flots gris et houleux, comme ils quittaient la Manche pour entrer dans l'Océan.

Par chance, Rex et Clémence avaient tous deux le pied marin et, bien que la salle à manger ne fût guère fréquentée durant les quelques jours qui suivirent, ils ne manquèrent pas un repas, non plus d'ailleurs que Kitty.

Dans ces conditions, il était inévitable qu'elle se rapprochât d'eux et, d'ailleurs, Rex en fut soulagé, dans la mesure où son bavardage et ses rires diminuaient quelque peu la tension qui régnait entre lui et sa femme.

Un jour qu'ils se trouvaient tous trois dans le salon particulier des Daviot, Kitty remarqua :

– Je me demande si les Indes vous plairont, Lady Daviot. C'est un pays qui ne peut pas laisser indifférent, comme ces personnes que l'on ne peut que haïr ou aimer.

– Je suis très impatiente d'y arriver enfin, répondit Clémence.

– Je crains que vous ne trouviez une rivale aux Indes, poursuivit Kitty.

Confortablement assise dans un fauteuil, un verre de vin à la main, elle avait croisé les jambes, révélant ainsi le bout pointu d'un soulier noir verni et les nombreuses dentelles qu'elle portait sous sa robe de soie. Une lueur espiègle dansait dans ses yeux bleus et ses cheveux blonds étaient aussi joliment coiffés que si elle avait dû se rendre à un bal. Elle était vraiment ravissante et désirable, troublante comme ne l'était pas Clémence. Du moins pour Rex. La beauté de sa femme lui paraissait aussi froide que les neiges de l'Himalaya. Un feu couvait-il ou non sous ces dehors glacials?

– Je n'ai jamais rencontré personne aimant un pays comme votre mari aime les Indes, reprit Kitty, s'adressant toujours à Clémence. Et qui aime autant son travail.

– J'imagine en effet qu'il doit être très absorbant.

– Vous aurez besoin de beaucoup de compréhension pour supporter ces moments où, travaillant vingt-quatre heures sur vingt-quatre, il ne vous adresse même pas la parole. Quand il ne disparaît pas mystérieusement! Et vous ne saurez jamais s'il a été attiré loin de vous par quelque adorable indigène ou par une menace de rébellion, ajouta-t-elle en riant.

– Vous me semblez vraiment bien informée, Kitty, intervint Rex. Mais cessez d'effrayer Clémence. Elle va avoir un certain nombre d'obligations à remplir et je serai nécessairement avec elle.

– Il essaie de vous rassurer, s'écria Kitty, mais rappelez-vous ce que je viens de vous dire. N'acceptez pas de gaieté de cœur les excuses très plausibles qu'il donnera à ses absences.

Rex connaissait trop bien Kitty pour la soupçonner de vouloir semer la discorde entre eux. Néanmoins il la sentait piquée par l'indifférence que lui témoignait Clémence et en proie à la jalousie normale d'une femme envers celle qui a épousé un ancien amant.

Le mari de Kitty faisait partie de ces hommes complaisants qui laissent leurs femmes libres d'agir à leur guise tant qu'elles n'entrent pas en conflit avec leurs propres intérêts. Charles Barnstaple était riche, charmant et populaire. Sa présence aux Indes n'avait qu'une seule et unique raison : le sport.

On était sûr de le trouver là où l'on pouvait chasser le tigre et le sanglier, ou jouer au polo. Tout en aimant son épouse, il n'avait aucune honte à avouer que les femmes n'étaient qu'une gêne si l'on voulait se consacrer au sport.

On en était au quatrième jour de la traversée et un vent violent secouait fortement le navire, lorsque Clémence entra dans le salon où Rex était occupé à travailler, assis à son bureau.

Il avait beaucoup de choses à faire avant d'arriver aux Indes, et c'est avec soulagement qu'il avait constaté que Clémence restait tranquillement assise à lire, sans éprouver, comme la plupart des femmes, le besoin de bavarder constamment. En dehors des repas, ils avaient vécu jusqu'à présent chacun de son côté. De ce point de vue du moins, c'était pour Rex la compagne idéale. Le voyage devait durer près de trois semaines. Lui qui d'habitude souffrait de la monotonie des longues journées en mer, commençait à penser, en étudiant la pile des documents que lui avait remis Sir Terence, qu'il n'aurait pas trop de chaque minute de la traversée.

Il jeta un coup d'œil par-dessus ses papiers. Bien que Clémence fût demeurée silencieuse, il avait l'impression que, pour une fois, elle voulait lui dire quelque chose. Ne pouvant rester debout à cause du roulis, elle s'était assise sur une chaise, près de son bureau. Leurs yeux se rencontrèrent.

– Que puis-je faire pour vous?

– J'aurais une question à vous poser, si vous avez le temps de m'écouter.

– Bien sûr. Et je vous prie d'excuser ma distraction.

Clémence tenait sur les genoux le livre qu'il lui avait prêté sur la mythologie hindoue.

– Cela vous intéresse? demanda Rex. Il existe des ouvrages beaucoup plus longs et beaucoup plus détaillés sur le sujet, que je pourrai vous procurer là-bas. Celui-ci, comme vous pouvez le deviner d'après son état, est l'un de mes compagnons de voyage favoris.

– Je le trouve passionnant! répondit Clémence. Je voulais justement vous demander si je pouvais apprendre l'ourdou.

– L'ourdou? répéta Rex, surpris.

Il ne se rappelait pas avoir connu aux Indes une seule Anglaise qui sût parler la langue du pays où elle vivait, à l'exception des quelques mots indispensables pour donner des ordres à ses serviteurs.

Clémence eut sans doute l'impression qu'il hésitait car elle ajouta :

– J'apprends les langues très facilement. J'en parle déjà cinq couramment, et j'aimerais pouvoir comprendre les gens de votre Province.

– Bien sûr.

– Sans doute doit-on pouvoir trouver à bord quelqu'un qui serait disposé à me donner des leçons? Il y a un certain nombre d'Indiens en deuxième et troisième classe.

Les Indiens, à moins d'être Princes, ne voyageaient évidemment jamais en première classe et, de toute manière, ils restaient toujours entre eux.

– Je vous l'apprendrai moi-même, déclara tranquillement Rex.

– Non, je vous en prie... ce n'était pas mon intention. Je sais que vous êtes très occupé et que vous n'avez pas de temps à perdre.

– Je le ferai avec plaisir. Il est important que vous receviez un bon enseignement, qui vous permette de comprendre combien la langue varie selon les castes et les régions.

Pour la première fois depuis qu'il la connaissait, il vit son regard s'illuminer.

– Dans ce cas... peut-être pourriez-vous me donner des livres à étudier ou même des... devoirs à faire, afin que je ne vous ennuie pas trop?

– Vous ne m'ennuyez jamais, répondit Rex. Mais nous ne commencerons ces leçons qu'à une condition.

– Laquelle?

– Si vous découvrez finalement que vous en avez assez, que cela exige de votre part trop d'efforts, je veux que vous me le disiez franchement.

– C'est entendu. Et vous devrez également avoir la franchise, si vous me trouvez trop stupide, de me le dire. Vous pourrez toujours me chercher un autre professeur.

Ils commencèrent sur-le-champ car Rex sentait qu'elle en brûlait d'envie. Il ne tarda pas à s'apercevoir qu'elle ne s'était pas vantée en se prétendant douée pour les langues. Il découvrit avec étonnement qu'outre les langues européennes les plus courantes, elle parlait aussi le russe.

– J'ai toujours rêvé de visiter un jour le pays de mon arrière-grand-mère, expliqua Clémence. Comme papa était toujours très occupé, je me suis trouvé moi-même des professeurs et j'ai dirigé seule mon éducation.

Elle ajouta avec un vague sourire :

– En conséquence je crains fort qu'il n'y ait de terribles lacunes dans mes connaissances. Je me suis bornée à étudier les sujets qui m'intéressaient le plus.

– Par exemple? demanda Rex avec curiosité.

Elle hésita, comme si elle répugnait à parler de ce qui la touchait de trop près.

– La géographie, dit-elle enfin. Les coutumes et les religions des différents peuples du monde.

– Cela vous intéresse vraiment?

– Beaucoup!

– Vous m'en voyez très surpris.

– Pourquoi?

– Parce que c'est un sujet d'intérêt inhabituel pour une femme.

– Vous estimez sans doute que ce sont des études

trop ardues, trop savantes pour leur intelligence inférieure?

– Ne me faites pas dire ce que je n'ai pas dit! protesta Rex.

– Mais c'est ce que vous pensez.

– D'accord, vous avez raison, admit-il. Les femmes sont pour la plupart des êtres charmants mais superficiels. Comme vous le savez, les Anglaises sont, en général, très peu cultivées.

– Parce que, jusqu'à une époque récente, leurs parents consacraient tous leurs efforts à l'éducation de leurs précieux fils et laissaient les filles aux mains de gouvernantes sous-payées qui en savaient aussi peu, sinon moins, que leurs élèves.

Rex s'enfonça dans son fauteuil.

– Vous m'étonnez vraiment!

– Parce que je me fais le champion des femmes opprimées? A voir la manière dont elles sont traitées dans les différentes parties du monde que j'ai visitées, je suis convaincue qu'elles ont non seulement besoin d'un défenseur mais d'un chef capable de les conduire à la révolution.

Rex leva les mains en signe de désapprobation.

– Non seulement vous me surprenez, mais voilà maintenant que vous m'horrifiez, fit-il. J'ai entendu parler de ces militantes qui mènent campagne en faveur des droits de la femme, mais je n'aurais jamais imaginé, même dans mes rêves les plus fous, que je pourrais en épouser une!

– J'ai des opinions très arrêtées sur le sujet!

– Dans ce cas, je vous conseille de tirer au plus vite des leçons de la soumission des femmes indiennes.

– Je sais maintenant ce que vous attendez d'une épouse.

– Pas exactement.

– C'est peut-être la raison qui vous a empêché jusqu'ici de vous marier, en dépit de toutes les occasions que, d'après Lady Barnstaple, vous avez pu avoir. Vous n'avez jamais rencontré quelqu'un qui soit assez docile et soumis pour votre goût.

Rex la regardait avec amusement. Elle ne savait pas à quel point elle se trompait. Il s'était bien juré, au contraire, les rares fois où il lui était arrivé de songer au mariage, de ne jamais épouser une femme sans cervelle qui l'ennuierait à mourir au bout de quelques semaines.

Dans les jours qui suivirent, Clémence se montra absolument insatiable dans son désir d'apprendre non seulement l'ourdou mais tout ce qu'elle pouvait glaner sur les Indes. Elle pria le Commissaire de bord de lui apporter tous les ouvrages disponibles sur le navire, et un étrange mélange composé de romans de cape et d'épée, d'épais livres d'histoire et de brochures mal imprimées, fit son apparition dans leur salon.

– Je regrette de ne pas avoir su que tout ceci vous intéressait avant notre départ d'Angleterre, déclara Rex en rejetant une brochure qu'il venait d'ouvrir au hasard. Je n'aime pas que vous perdiez votre temps à lire des inepties pareilles.

– Cela m'apporte tout de même quelque chose, objecta Clémence. J'apprends à connaître des opinions et des points de vue différents. J'ai là un ouvrage où les Britanniques sont dépeints comme de cruels esclavagistes. Vous y trouveriez sans doute une nouvelle conception de l'Empire.

– Je le lirai. D'où vient-il?

– D'un passager de troisième classe, je crois.

– Si ce texte est aussi pernicieux que vous le dites, je le ferai arrêter à l'arrivée!

Il plaisantait, mais Clémence le prit au sérieux.

– Oh non, je vous en prie! C'est moi qui ai demandé de la littérature sur les Indes. Ce serait particulièrement injuste de punir ceux qui ont voulu me faire plaisir.

– Cela vous ennuierait de savoir que vous avez fait du tort à un Indien?

– Bien sûr! s'écria-t-elle. Et d'après tout ce que j'ai pu lire et apprendre, il me semble que les Anglais sont souvent bien tyranniques.

– Peut-être. Mais il ne faut pas oublier qu'il n'y a que vingt mille Britanniques et trois mille officiers pour faire régner l'ordre sur plus de trois cents millions d'habitants – un cinquième de la race humaine.

– Vraiment?

– A peu de chose près.

– C'est incroyable! Pourquoi ne vous chassent-ils pas?

– Peut-être le feront-ils un jour. C'est en tout cas ce que veulent les Russes, et ils font de leur mieux pour nous rendre la situation difficile.

Il songeait en particulier aux lointains avant-postes de l'Hindû Kûch et aux soldats qui vivaient nuit et jour sous la menace des embuscades. Derrière les tribus rebelles, il y avait les Afghans, et derrière les Afghans, les Russes.

– A quoi pensez-vous? demanda Clémence.

Ayant lui-même besoin de mettre un peu d'ordre dans ses idées, il entreprit de lui expliquer, simplement mais d'une manière vivante, le rôle qu'avaient joué les Russes au cours des dix dernières années, avançant inexorablement à l'est et au sud, assujettissant les uns après les autres les souverains d'Asie centrale, et cherchant peu à peu à encercler les Indes.

Clémence l'écoutait, les yeux grands ouverts.

– Ils sont déjà en train de construire une ligne de chemin de fer qui traversera la Sibérie jusqu'en Extrême-Orient, et d'après certaines rumeurs encore non confirmées, ils en construiraient une autre dans le Turkestan. Cela pourrait être la première étape en vue d'une annexion du Tibet.

Il avait presque oublié Clémence.

– Le Tibet est tout près de notre province, n'est-ce pas? demanda-t-elle. J'ai vu sur la carte que la frontière méridionale de ce pays se trouve de l'autre côté de l'Himalaya.

Rex demeura silencieux et elle poursuivit :

– Le Tibet vous préoccupe, n'est-ce pas ? Ou est-ce que je me trompe ?

– Comment le savez-vous ?

– Il en est question dans certaines de ces brochures, et j'ai également entendu oncle Terence en parler.

– Je sais très peu de chose sur ce pays qui fut pendant des siècles sous la protection de la Chine, se contenta de répondre Rex.

– Mais vous pensez qu'il intéresse la Russie ?

– C'est possible.

– C'est peut-être pourquoi vous avez été nommé Gouverneur des Provinces du Nord-Ouest ?

De nouveau il fut obligé de constater qu'elle faisait preuve d'intelligence, mais il déclara simplement :

– Nous pourrions étudier ensemble quelques ouvrages sur le Tibet. J'avoue que c'est un pays qui m'intéresse et qui est encore très peu connu.

– Pourrai-je y aller ?

– Je crains que non. A dire vrai, je doute qu'aucune femme blanche ait jamais pénétré très au delà des cols enneigés.

– C'est là que j'aimerais aller, déclara tranquillement Clémence.

Les jours suivants, elle ne cessa de lui poser de nouvelles questions sur le Tibet jusqu'au moment où il fut obligé d'admettre que sa science s'arrêtait là et qu'il ne pouvait lui en dire davantage. Il la sentait fascinée par le mystère de cet étrange pays et il se promit d'approfondir lui-même ses connaissances dès leur arrivée.

Ce qui n'empêchait pas Clémence d'étudier presque frénétiquement l'ourdou, et Rex voyait la lumière filtrer sous la porte de sa cabine jusqu'aux premières heures du matin.

Une nuit, alors qu'ils traversaient la mer Rouge dans une chaleur particulièrement oppressante, il se leva de son bureau pour se dégourdir un peu les jambes. Apercevant de la lumière dans la cabine de Clémence, il eut brusquement envie de frapper à sa porte pour aller lui parler.

Pour la première fois, il prit conscience qu'elle était une femme, sa femme, et qu'il avait besoin d'elle d'une manière qui, jusqu'à présent, ne lui avait posé aucun problème.

Que dirait-elle s'il entrait dans sa cabine? Il pourrait s'asseoir sur son lit, parler avec elle, discuter de ce qui l'intéressait. Toutefois, ils ne seraient dupes ni l'un ni l'autre, comprenant bien qu'il s'agissait d'autre chose entre eux.

Mais il lui avait promis de n'exiger d'elle aucune faveur qu'elle ne serait prête à lui accorder, de ne jamais faire valoir ses droits d'époux...

– Nom de Dieu! jura-t-il entre ses dents. Cette situation est absolument contre nature. Nous ne pouvons pas continuer à vivre ainsi jusqu'à la fin de nos jours!

Et pourtant, il lui semblait peu probable que Clémence finisse par s'éprendre de lui, comme tant d'autres femmes avant elle. Il avait remarqué avec quel soin elle évitait tout contact physique avec lui : toujours assise plus loin qu'il n'était nécessaire, elle retirait vivement la main dès qu'elle risquait de toucher la sienne et l'empêchait dans la mesure du possible de l'aider à enfiler ou à retirer son manteau.

« Elle me hait, sans doute du fait que je suis un homme, se dit-il tristement, tout autant qu'elle haïssait le Prince. »

Il se rappelait avec quelle violence contenue elle avait affirmé que les hommes n'étaient tous que des animaux.

– Un animal! répéta-t-il, comprenant qu'il ne supporterait pas de la voir reculer de terreur devant lui.

Il réintégra sa propre cabine et ferma la porte avec une vigueur inutile.

Le lendemain, il se sentait frustré, les nerfs à vif, et ce n'est qu'après avoir disputé plusieurs parties acharnées de badminton qu'il retrouva un vague équilibre.

Le comportement de Rex et de Clémence avait fini par intriguer Kitty, qui était suffisamment astucieuse pour deviner que leurs relations n'étaient pas tout à fait ce qu'elles auraient dû être.

– Pourquoi vous êtes-vous marié, Rex? demanda-t-elle, un soir qu'elle était allée le rejoindre sur le pont supérieur.

Dans la nuit étoilée, le navire glissait sur les eaux calmes, illuminées de merveilleux reflets phosphorescents. C'était une nuit faite pour l'amour et, dans tous les coins d'ombre, l'on devinait des couples enlacés ou se murmurant de ces choses qui n'étaient pas faites pour que les autres les entendent.

– J'ai besoin d'une épouse dans mes nouvelles fonctions.

– En effet. Mais bien que Clémence soit très belle – c'est l'une des plus belles femmes que j'aie jamais vues –, elle ne me paraît pas tout à fait humaine.

– Je ne discuterai pas de Clémence, répondit Rex d'un ton sans réplique.

– Je ne disais pas cela par dépit ou par malveillance! protesta Kitty. Je suis simplement curieuse. Elle ne ressemble à aucune de vos précédentes conquêtes, et j'en ai connu plusieurs, y compris moi-même, bien sûr.

Pour se rattraper, elle ajouta:

– Vous savez que je souhaite sincèrement votre bonheur. Plus que quiconque, vous avez besoin de vous brûler au feu de l'amour, et cela m'étonnerait fort que vous puissiez vous en passer.

Il ne répondit pas. Leur tête-à-tête fut brusquement interrompu par un homme d'âge mûr qui faisait à Kitty une cour assidue depuis la traversée du canal de Suez.

Rentré dans sa cabine, Rex s'était allongé, sans dormir, réfléchissant à ce que lui avait dit Kitty.

Elle avait raison : ses rapports avec les femmes avaient toujours été empreints d'une ardeur passionnée. Comme la plupart des hommes qui passent leur vie à faire face à des situations dangereuses, il trouvait dans la passion charnelle, dans ce feu de l'amour dont parlait si justement Kitty, une détente indispensable.

Amant plein de fougue, il allait trouver bien difficile de se conformer aux exigences de Clémence. Mais, d'autre part, l'idée que, marié, il pourrait entretenir des liaisons clandestines lui répugnait. A cause peut-être d'il ne savait quel atavisme puritain, ce comportement lui paraissait avilissant et indigne de ses principes. Et pourtant, pouvait-il vraiment vivre comme un moine au sein d'un mariage qui n'était que tricherie? Qu'un « expédient » comme l'avait qualifié Clémence?

« Il faudrait que nous puissions en parler », se dit-il.

Mais il craignait de l'inquiéter, de la plonger dans un trouble qui rejaillirait inévitablement sur leurs relations présentes. Car il avait le sentiment étrange que, durant ces trois semaines passées en mer, elle s'était mise à lui témoigner, sinon de la sympathie, du moins une certaine confiance. En tout cas, elle lui parlait de ses études avec un parfait naturel, oubliant apparemment de haïr l'homme qu'il était. Durant les derniers jours, il lui était même arrivé de rire, voire de plaisanter.

« Il faut que je sois patient », pensa-t-il.

Et comme il se tournait et se retournait dans son lit, il comprit que cela ne lui serait pas facile.

A Bombay, un certain nombre de personnages officiels montèrent à bord avec des messages du Vice-Roi. On apporta le courrier diplomatique hermétiquement scellé dans la cabine de Rex, et il l'enferma dans l'une de ses malles en attendant de pouvoir en prendre connaissance.

Il avait décidé de poursuivre le voyage en bateau jusqu'à Calcutta. Ils auraient pu traverser le pays en train, mais Rex tenait à donner à Clémence un premier aperçu de l'Inde en lui montrant l'une de ses villes les plus étranges, mais aussi les plus belles. Ils embarquèrent donc aussitôt sur un autre navire en partance pour la capitale de l'Empire des Indes.

Ce fut à Calcutta que Clémence prit conscience, pour la première fois, de la place éminente qu'occupait son mari.

Ils furent accueillis sur le quai par de nombreux hauts fonctionnaires en tenue d'apparat, tandis que l'équipage du Vice-Roi les attendait pour les emmener jusqu'au Palais gouvernemental, escorté par un escadron de cavalerie.

Clémence fut aussitôt fascinée par la foule bigarrée qui emplissait les rues et qui se mouvait lentement dans l'atmosphère chaude et humide en bavardant dans quelques-unes des huit cents langues qui, d'après Rex, étaient parlées aux Indes.

Manifestement, ce spectacle l'enthousiasmait.

Ils avançaient à travers la foule en calèche découverte, tandis que des valets en livrée rouge et or tenaient une immense ombrelle au-dessus de leur tête. Rex lui montrait au passage les hommes originaires du Râjputâna, les Sikhs barbus du Pendjab avec l'énorme couteau dont ils ne devaient jamais se séparer, les Bengali, astucieux et raisonneurs, et tous ceux qui, avec leurs yeux bridés de Mongols, devaient venir du Sikkim, du Bhoutan ou de l'Assam.

Mais ce qui fascinait Clémence plus que toute autre chose, c'étaient les merveilleux saris que portaient les femmes. Drapées dans toutes les couleurs de l'arc-en-ciel, avec une guirlande de fleurs dans les cheveux, elles lui apparaissaient, après les ternes foules londoniennes, comme des déesses venues d'une autre planète.

Quant à la Résidence gouvernementale, elle la trouva aussi impressionnante que la lui avait décrite Rex. Ce palais qu'avait fait construire le comte de Mornington, frère aîné du célèbre duc de Wellington, était le symbole de la puissance britannique.

A l'entrée gardée par des sphinx, d'énormes lions surmontaient les grilles. Dans la cour, on apercevait des canons, dressés sur leur affût de couleur claire. Des lanciers du Bengale aux uniformes éclatants bavardaient entre eux, tandis que des aides de camp attendaient respectueusement les ordres.

Par une coïncidence étrange, ce palais avait été construit sur le modèle de Kedleston Hall dans le Derbyshire, demeure ancestrale de Lord Curzon, le Vice-Roi actuel.

– C'est comme s'il avait été destiné à venir un jour l'habiter et à occuper l'une des plus hautes fonctions auxquelles un Anglais peut aspirer, lui avait expliqué Rex.

– Il est vraiment si important?

– Le Vice-Roi des Indes est l'un des personnages les plus puissants d'Asie. Le Tsar de Russie et l'Empereur de Chine lui sont à peine supérieurs. Le Shah de Perse et le Roi du Siam le traitent avec un grand respect; quant au Roi de Birmanie, pour le moment, il est son prisonnier.

Clémence se mit à rire.

– Le Vice-Roi a sûrement conscience de son importance!

– Lord Curzon en aurait conscience de toute façon, répondit Rex en souriant. Quand vous le verrez, vous vous rendrez compte qu'il est aussi brillant qu'imprévisible, et si sûr de lui que la plupart des gens lui trouvent une personnalité un peu trop écrasante.

Ils furent reçus par Lord Curzon et Lady Curzon avec un faste encore supérieur à celui auquel Rex avait eu droit chez la Reine, au château de Windsor.

Le hall de marbre aux piliers d'une blancheur éclatante, les deux rangées de gardes du corps, aussi immobiles que des statues dans leurs uniformes somptueux, les énormes lustres de cristal qui scintillaient au-dessus de leurs têtes donnaient un avant-goût de la pompe et du cérémonial auxquels ils allaient désormais participer, Rex et elle.

Une fois terminées les formalités protocolaires d'accueil, Lord Curzon fit preuve d'une amabilité, d'une gentillesse et d'un charme tout à fait inattendus pour Clémence. Mais il ne tarda pas à entraîner Rex au-dehors, la laissant seule en compagnie de Lady Curzon.

Grande et majestueuse, cette dernière avait des yeux bleus, une opulente chevelure brune et un beau visage expressif. Elle aussi possédait une assurance que Clémence lui envia, mais elle était également chaleureuse, et son sourire avait un attrait irrésistible. Clémence se sentit bientôt plus à l'aise avec elle qu'avec tous ceux qu'elle avait pu rencontrer depuis son aventure avec le Prince.

– Vous vous apercevrez qu'il faut un certain sens de l'humour pour vivre dans ce pays, déclara Lady Curzon. Il se passe ici des choses si étranges! Si vous pouvez en rire, elles se remettent aussitôt à leur juste place.

– Quel genre de choses, par exemple? demanda Clémence.

La Vice-Reine sourit.

– Dans les premiers temps, j'ai été particulièrement déconcertée par le fait que, si je voulais un bain, il y avait un homme pour faire chauffer l'eau, un second pour aller chercher mon tub, un troisième pour le remplir, et enfin un quatrième pour le vider, chacune de ces tâches étant en effet réservée à des castes différentes! Et comme si cela ne suffisait pas, les cuisines sont situées au moins à deux cents mètres des salles à manger! ajouta-t-elle en riant.

De nationalité américaine, Lady Curzon s'amusait de ce qui aurait consterné une Anglaise. Au bout d'une heure passée avec elle, Clémence avait pu se rendre compte qu'en dépit de son rang elle était restée très simple. On pouvait difficilement résister à la sympathie qu'elle inspirait.

– Je vais essayer de prendre modèle sur vous, lui dit impulsivement Clémence. Mais je crains, madame, que cela ne me soit difficile.

– Au contraire, répondit Lady Curzon, je pense que le rôle d'épouse d'un Gouverneur vous conviendra tout naturellement. Et vous comme moi, nous avons la chance d'avoir des maris brillants et intelligents sur lesquels nous pouvons compter, mais qui ont également besoin de tout l'amour que nous pouvons leur donner.

Il y avait dans son ton une telle sincérité que Clémence ne put s'empêcher de rougir légèrement.

Comment pouvait-elle expliquer à la Vice-Reine, manifestement éprise de son mari comme il l'était d'elle, que son mariage avec Rex était fondé sur de tout autres bases?

Elle comprit brusquement que personne, en Inde, ne devait soupçonner qu'ils ne formaient pas un couple comme les autres. Si l'on apprenait le caractère singulier de leurs rapports, non seulement l'anecdote circulerait aussitôt depuis les salons jusqu'aux bazars, mais cela risquerait de faire à Rex beaucoup de tort.

Lady Barnstaple ne lui avait pas caché que la

plupart des femmes succombaient à son charme et n'auraient pas demandé mieux que de l'épouser. S'il arrivait qu'on le montre du doigt en racontant que celle qui portait son nom le repoussait, il risquait de devenir l'objet de la risée publique.

Et une autre pensée lui vint encore à l'esprit. En supposant que les gens apprennent que leur mariage n'en avait que le nom, Rex ne serait-il pas considéré comme un coureur de dots, soupçonné de ne s'intéresser à sa femme que pour son argent?

Elle avait assez souvent eu l'occasion d'entendre les conversations que son père avait avec ses amis pour savoir ce qu'ils penseraient d'un homme qui négligeait sa femme tout en profitant de sa fortune.

Les gens que fréquentait son père étaient pour la plupart des hommes riches. L'argent occupait une place de choix dans leur vie et dans leurs discussions, quand il ne devenait pas une obsession, un désir primant tous les autres.

– Connaissez-vous la femme de Crowford? avait-elle entendu dire un jour par l'un d'entre eux. On dirait une vieille squaw mexicaine toute bouffie! Dieu seul sait comment il peut supporter de la voir se dandiner à côté de lui!

– En tout cas, il n'a pas trop de mal à supporter son argent! avait répondu son père. Elle vaut au bas mot ses cinq millions de dollars!

Et il avait ajouté en riant :

– Lorsqu'il se retrouve dans le lit conjugal, Crowford ferme les yeux et il commence à compter. Elle lui semble alors tout à fait séduisante!

Cette boutade avait été suivie d'un éclat de rire général et personne n'avait fait attention à Clémence qui écoutait. Mais cette conversation lui revenait maintenant à l'esprit et, pour la première fois depuis leur mariage, ce n'était pas à elle-même qu'elle songeait, mais à Rex.

« On ne parlera jamais de lui en ces termes », décida-t-elle.

Ils devaient passer la nuit au Palais et, le soir même, le Vice-Roi donna une réception grandiose dont ils étaient les invités d'honneur.

La soirée commença avec l'hymne national, et l'orchestre joua ensuite pendant tout le dîner.

Lorsque le Vice-Roi fit son entrée, les invités s'alignèrent pour rendre hommage au représentant de la Couronne et les dames, une à une, exécutèrent une profonde révérence.

De nombreuses innovations avaient été introduites par Lord Curzon depuis qu'il était Vice-Roi. Le Palais était désormais éclairé à l'électricité. Il y avait même des ascenseurs électriques et des ventilateurs dans presque toutes les pièces.

Clémence avait revêtu pour l'occasion l'une de ses plus belles robes, et quand sa femme de chambre lui avait apporté son coffret à bijoux, elle avait hésité devant les splendides joyaux qu'elle avait hérités de sa mère ou que son père lui avait offerts. Elle n'était pas sûre de ce qui convenait le mieux pour la circonstance, et sa tante Emily n'était pas là pour la conseiller. Pour sa première apparition en public, elle ne voulait pas commettre un impair.

La chambre de Rex communiquait avec la sienne, et ils avaient la disposition d'un petit salon privé. Un instant, Clémence songea à prier Rex, par l'intermédiaire de la femme de chambre, de venir la rejoindre dans ce salon. Mais l'idée lui parut malgré tout un peu ridicule et elle alla frapper à la porte de communication, éprouvant un sentiment étrange qu'elle ne reconnut pas pour ce qu'il était : de la timidité.

Ne recevant pas de réponse, elle s'apprêtait à frapper de nouveau, quand elle entendit la voix de Rex :

– Entrez!

En ouvrant la porte, elle comprit à son regard

étonné qu'il ne s'attendait pas à la voir. Tout habillé, il ne lui manquait plus que sa jaquette. Sa chemise blanche à plastron, aux manchettes empesées et au col droit, avec sa culotte de satin serrée aux genoux, et les bas de soie noire qui lui moulaient les jambes formaient un ensemble particulièrement seyant. Il était l'illustration vivante du héros qui va prendre part à un duel, et pour la première fois Clémence fut frappée de lui voir si fière allure.

Comme il ne disait toujours rien, elle balbutia :

– Je... j'aurais besoin... de vos conseils.

– Mais je vous en prie, répondit Rex. En quoi puis-je vous être utile?

– Je... je ne sais pas quels bijoux je dois porter ce soir.

– Voilà un problème qui ne me paraît pas très difficile à résoudre. Puis-je venir voir ceux dont vous disposez?

– Oui... bien sûr.

Il la suivit dans sa chambre. Le coffret à bijoux était ouvert sur une chaise à côté de la coiffeuse. En domestique stylée, la femme de chambre se retira et ils se retrouvèrent seuls. La présence du grand lit couvert d'une moustiquaire comme d'un voile nuptial mettait Clémence mal à l'aise, presque au bord de la panique. La dernière fois qu'elle s'était trouvée seule avec un homme...

– Voyons maintenant ce que vous avez.

Il inspecta le contenu du coffret et souleva la planchette intermédiaire sous laquelle reposaient encore des colliers assortis aux diadèmes.

– Vous avez vraiment là tout ce qu'il faut, constata-t-il avec un petit sourire en coin.

Il se tourna vers elle et l'examina d'un regard si tranquille qu'elle se sentit un peu rassurée.

Sa robe toute de tulle et de dentelle, qu'elle portait sur des jupons de soie qui bruissaient au moindre mouvement, avait été créée spécialement pour elle à Paris par le couturier Worth. C'était ce même couturier qui habillait généralement la Vice-Reine. Blanche, comme il convenait à une jeune mariée, cette robe avait une élégante simplicité qui n'échappa pas à l'œil exercé de Rex.

– Des diamants, dit-il enfin. On s'attend à vous voir jeune et innocente, mais cependant éblouissante. Cela ne vous sera pas difficile, et puisque vous y êtes, autant faire plaisir à tout le monde, ajouta-t-il en souriant.

– Vous croyez?

– Ce qui ne vous empêchera pas de faire naître de la jalousie, de la haine et de la malignité dans de nombreux cœurs féminins. Et pourquoi pas? Si vous avez une tenue trop modeste, elles diront que vous êtes insignifiante, ou prendront cela pour une insulte. Si vous apparaissez en princesse de conte de fées, elles grinceront des dents et regretteront de ne pouvoir vous anéantir.

Sincèrement amusée, Clémence se mit à rire.

– Vous en parlez comme d'un jeu!

– Mais c'en est un! On ne vous l'a jamais appris? Une espèce de lutte pour la première place. Ce soir vous serez le numéro deux sur l'escalier d'honneur. A Lucknow, vous serez le numéro un.

– Vous m'effrayez! lui reprocha-t-elle.

– Mettez donc ce diadème en diamants, ce collier, et laissez-les à leurs critiques. Ce que les gens pensent importe peu, c'est ce qu'ils vous disent en face qui peut être gênant.

– C'est votre credo?

– Je ne donne jamais à mes ennemis la satisfaction de m'intéresser à eux, répliqua-t-il.

Il sortit du coffret le diadème en diamants qui avait appartenu à la mère de Clémence.

– Voulez-vous que je vous aide à le mettre?

– Ma femme de chambre s'en chargera, répondit-elle aussitôt.

– Très bien. J'attendrai dans le salon que vous soyez prête.

Clémence resta un instant, le diadème dans les mains, à le regarder disparaître.

« J'aurais pu le laisser faire », se dit-elle.

Elle attendit le frisson d'horreur qu'aurait dû susciter en elle une telle pensée.

A son grand étonnement, il ne vint pas!

5

– C'est merveilleux! s'exclama Clémence.

– Vous voulez parler du train? demanda Rex, qui était assis en face d'elle.

– Non, de pouvoir observer la campagne. J'attendais cela avec impatience.

Ils s'acheminaient maintenant vers Lucknow et le Vice-Roi s'était montré exceptionnellement généreux en mettant à leur disposition deux wagons de son train privé.

Construit à l'occasion de la visite du Prince de Galles, en 1875, ce train commençait à être un peu délabré. Il se composait de douze wagons beige et or, entraînés par deux locomotives à vapeur, et, lors de ses déplacements, le Vice-Roi pouvait loger ses secrétaires civils et militaires, deux médecins et une centaine de gens attachés à son service. Une locomotive pilote le précédait et la ligne était gardée sur toute sa distance par des troupes réquisitionnées dans les villages avoisinants.

C'était faire un grand honneur à Rex et à ses nouvelles fonctions que de rattacher pour lui deux de ces splendides wagons au train ordinaire qui transportait un nombre incalculable de passagers.

Rex était habitué au tohu-bohu des gares indiennes, mais pour Clémence le spectacle de la foule qui se pressait à Howrah était une nouvelle et fascinante expérience.

Des familles entières campaient sur les quais, dormaient, faisaient leur cuisine, mangeaient, en attendant que vienne leur tour de s'entasser les unes sur les autres dans des wagons de troisième classe.

Aux voix stridentes des vendeurs d'eau, de journaux, de riz, de sucreries et de thé qui se bousculaient en vantant leurs marchandises à tue-tête se joignaient les cris des enfants, les appels des porteurs et le chuintement des locomotives.

Le chaos était indescriptible.

– Et avec tout ça, fit remarquer Rex, les trains sont à l'heure.

Les heures étant, pour les Orientaux, toutes semblables les unes aux autres, le trafic des passagers se faisait en conséquence.

Rex et Clémence étaient arrivés à la gare, accompagnés d'un grand nombre de personnages officiels et, bien entendu, des valets du Vice-Roi dans leur livrée rouge et or. Tandis qu'ils avançaient vers leurs wagons, gardés par des sentinelles, ils avaient entendu de longues et furieuses discussions entre voyageurs indiens et contrôleurs eurasiens. Rex avait expliqué à Clémence que les indigènes prenaient leurs billets pour de petits papiers magiques et qu'ils étaient furieux de voir des étrangers faire des trous dans leur talisman.

Ce fut également avec un réel amusement que Clémence vit le chef de train s'approcher de Rex pour lui demander la permission de donner le signal du départ.

– Cela se passe toujours comme ça? demanda-t-elle.

– A chaque fois que le train transporte un voyageur anglais d'importance, répondit-il.

Ils se mirent à rire tous les deux.

– Ce serait inimaginable en Angleterre, ou dans tous les autres pays du monde occidental.

– En Inde, les Britanniques sont des conquérants que l'on traite avec le respect qui leur est dû.

Mais elle savait qu'il plaisantait.

Le train démarra dans un sifflement de vapeur

qui domina le vacarme, et dès qu'ils eurent quitté Calcutta, Clémence put enfin, comme elle le désirait, observer la campagne par la fenêtre.

A la sortie de la ville le paysage était plat et en grande partie marécageux. Elle voyait des bœufs blancs au travail dans les champs, des buffles regroupés dans les réservoirs d'eau qui se trouvaient à l'entrée de chaque village. De temps à autre, elle apercevait un chameau dont la silhouette se profilait sur le ciel sans nuages.

– C'est bien ainsi que je me représentais l'Inde, dit-elle au bout d'un moment, comme pour elle-même.

– C'est-à-dire ?

Elle hésita, parut choisir ses mots. Enfin, elle répondit, comme si elle ne pouvait s'empêcher de dire la vérité :

– J'ai l'impression d'être enfin... chez moi.

– Pourquoi dites-vous cela? demanda-t-il, surpris.

– Parce que... c'est ce que je ressens. J'ai toujours souhaité aller en Orient. Et c'est l'Inde surtout qui m'attirait.

Comme il la regardait avec incrédulité, elle poursuivit :

– Les livres que vous m'avez donnés, j'avais l'impression de les avoir déjà lus... comme si tout ce qu'ils disaient était déjà là... inscrit en moi. (Avec un petit geste d'impuissance, elle ajouta :) Vous ne comprenez sans doute pas. C'est très difficile à exprimer.

– Je comprends très bien au contraire. C'est exactement le sentiment que j'ai et que j'ai toujours eu – d'être ici chez moi.

Elle le dévisagea comme si elle pouvait à peine en croire ses oreilles. Puis elle détourna la tête et se remit à contempler le paysage.

Et, vers le soir, elle se retira dans son compartiment personnel.

– Nos wagons sont-ils ceux qu'utilise personnellement le Vice-Roi? avait-elle demandé à Rex.

– Non. Le sien se compose d'une chambre, d'un salon et d'une salle de bains. La Vice-Reine en occupe un autre. Le nôtre est celui qu'on réserve aux hôtes de marque.

Ils n'avaient qu'un wagon pour eux deux, mais meublé très confortablement, et la femme de chambre avait prévenu Clémence qu'à certains arrêts prévus le long du parcours, de l'eau l'attendait dans d'énormes cuves qu'on lui apporterait pour qu'elle puisse prendre des bains.

La perspective était d'autant plus agréable que la température la faisait transpirer. Après s'être déshabillée, elle s'allongea sur un lit moelleux, pensant non pas à elle-même, mais à l'Inde. Elle serait bientôt à Lucknow, et cette idée l'emplissait d'une étrange excitation.

Aurait-elle pu imaginer, il y a seulement un mois, qu'elle se retrouverait occupant une position très importante dans un pays qui soulevait en elle des émotions toutes nouvelles?

Elle se mit à songer à cette multitude de gens, de castes et de religions différentes mais qui appartenaient tous à ce grand pays surpeuplé qui, même sans les Britanniques, représentait une puissance énorme. Sa frontière s'étendait de la baie du Bengale au Pamir jusqu'à Karachi au sud, avec près de cinq mille kilomètres de côte. Un dixième du commerce britannique passait par les ports des Indes. Cette fascinante mosaïque lui faisait penser aux patchworks que de vieilles dames fabriquaient dans les villages anglais ou américains, à l'aide de centaines de petits bouts de tissus différents.

Après son bain, qu'elle prit avec délices en s'efforçant de ne pas s'appesantir sur les efforts qu'il avait dû nécessiter, elle enfila une très élégante robe d'intérieur, vague selon la dernière mode londonienne et conçue pour les heures de détente, entre le thé et le moment de s'habiller pour le dîner. C'était également la tenue adoptée par les dames à qui le Prince de Galles faisait l'honneur d'une visite. Elles le recevaient, les rideaux tirés, allongées sur un divan jonché de coussins, dans une atmosphère parfumée.

Les murmures allaient bon train à propos de ces thés où l'héritier du trône était le seul invité, et l'hôtesse d'une beauté et d'une séduction qui ne pouvaient manquer de retenir son regard toujours aux aguets. Mais malgré la réprobation et le mépris qu'affichaient celles qui n'avaient pas eu ce privilège, cette robe vague était un vêtement si agréable à porter qu'elle s'était imposée. Quelle femme aurait résisté à la perspective de retirer son corset et de pouvoir enfin respirer librement, ne serait-ce que pendant deux heures?

La robe de Clémence était particulièrement ravissante, en soie mauve, avec des volants, et la jeune femme l'avait agrémentée d'un long collier d'améthystes claires entourées de petits diamants.

Rex se leva pour l'accueillir dans le salon. Il ne l'avait jamais vue aussi belle, et son expression avait quelque chose de différent. Comme si elle avait perdu un peu de sa réserve et de sa froideur au profit d'une nouvelle joie de vivre.

– J'ai tant de questions à vous poser! dit-elle.

Elle prit place dans un fauteuil, devant la table où devait être servi le dîner, et, ouvrant un livre, le soumit aussitôt à un long interrogatoire à propos du dieu Vishnou, Gardien de l'Univers.

Rex commença par une citation :

– *Je suis celui qui est au cœur de toute créature.*

Je suis le commencement, le milieu et la fin de toute création...

– Comment comprendre cela? murmura Clémence.

– La plus importante incarnation de Vishnou fut Krishna, expliqua Rex. Et Krishna est la représentation hindoue de l'amour humain. Les jeunes filles voient en lui l'homme et l'amant idéal. Il a d'ailleurs inspiré une grande partie de l'art indien.

Clémence répugnant probablement à parler d'amour, Rex pensa qu'elle allait s'empresser de changer de sujet. Mais elle avait l'air de réfléchir :

– Krishna est un dieu dansant. On le représente généralement en train de jouer de la flûte.

– En effet, acquiesça Rex.

– Il est question dans ce livre de l'immense adoration dont il est l'objet.

– Tout le monde est à la recherche de l'amour.

Clémence répondit après un instant de silence :

– Krishna symbolise l'amour parfait. Qui l'a jamais trouvé ?

– C'est pourtant ce que chacun cherche. C'est un idéal vivant dans le cœur de tous.

– Est-ce aussi... ce que vous cherchez ?

Sachant ce que cette question avait dû lui coûter, il prit pour lui répondre un ton délibérément détaché.

– Bien sûr. Je ne suis pas tellement différent des autres. J'ai toujours aspiré à l'amour, tel qu'il s'exprime si clairement dans les textes sanscrits, et espéré que Krishna me conduirait enfin jusqu'à la femme dont je rêve.

– Moi aussi... je faisais des rêves, répondit-elle, visiblement troublée.

– Vous ne seriez pas humaine si vous n'aviez jamais pensé que le conte de fées pourrait se réaliser et que vous verriez apparaître le Prince Charmant avec lequel vous vivriez heureuse jusqu'à la fin de vos jours.

– Ce n'est qu'un conte.

– Qui se réalise parfois.

– Mais pour nous... cela ne peut plus arriver.

Sans lui laisser le temps de répondre, elle ajouta aussitôt :

– Pour vous, peut-être... Après tout, Lady Barnstaple disait que...

Rex l'interrompit.

– Je pense qu'il est inutile de vous expliquer que nous parlons d'un tout autre amour, qui n'a rien à voir avec celui que Lady Barnstaple évoquait dans ses bavardages et qui fait les délices des amateurs de potins.

– Vous êtes sûr que c'est si différent?

– Absolument certain! Le flirt et les élans amoureux qui marquent le passage à l'âge adulte ne sont que l'ombre de celui-là. Exactement comme lorsqu'on aperçoit les contreforts de l'Himalaya. Vous les verrez, ils sont très beaux, mais on ne peut pas les regarder sans comprendre que là-haut, hors d'atteinte, existent des pics inaccessibles, des neiges immaculées qui sont un défi pour l'homme.

– Je vois ce que vous voulez dire, murmura Clémence. Mais jusqu'à présent personne n'a posé le pied sur le plus haut sommet de l'Himalaya.

– Ce n'était qu'une métaphore; mais plus on lit, plus on étudie l'être humain, plus on s'aperçoit qu'il est capable, parfois, d'accéder à l'inaccessible.

L'expression de Clémence disait assez que c'était là son vœu le plus cher. La plupart des femmes que Rex avait rencontrées jusque-là se contentaient parfaitement des contreforts et n'avaient jamais souhaité grimper plus haut.

Aussitôt le dîner terminé, Clémence se leva.

– La journée a été longue et nous nous sommes couchés tard la nuit dernière. Je pense que ce soir nous ferions bien de nous retirer de bonne heure.

– Pour ma part, j'ai encore du travail, mais je vous souhaite de bien dormir.

– C'est le cas, en général, quand je suis dans le train. Je suis bercée par le mouvement et le bruit des roues.

– Alors, bonne nuit, Clémence. J'espère que ce que nous verrons demain vous intéressera.

– J'en suis sûre, répondit-elle.

Elle s'éloigna avec grâce. Rex la suivit des yeux, puis, quand elle eut disparu, commença à ouvrir le courrier diplomatique. Mais il n'arrivait pas à se concentrer sur ses papiers.

Clémence avait changé. Elle était devenue très différente de la jeune femme renfermée et glaciale qu'il avait épousée et qui frissonnait de peur ou de haine quand il l'approchait.

Ce soir, elle s'était montrée très détendue, et il avait le sentiment, sans en être absolument sûr, que lorsqu'ils avaient parlé de l'amour, ses pensées ne s'étaient pas aussitôt tournées vers le Prince. Peut-être commençait-elle à oublier, peut-être la terreur que lui avait inspirée cette brute commençait-elle à s'effacer? Si quelque chose pouvait accomplir ce miracle, ce seraient les Indes, à coup sûr.

« Comme il est étrange, songeait-il, que Clémence ait le sentiment d'"appartenir" à ce pays! » Il se serait méfié de toute autre femme qui lui aurait fait une telle déclaration, la soupçonnant de vouloir attirer son attention ou de chercher tout simplement à lui plaire. Mais il ne pouvait douter de la sincérité de Clémence qui n'avait jamais fait le moindre effort pour le séduire.

Quoi qu'il en soit, elle lui apparaissait comme un cas particulièrement étrange et intéressant, moins d'ailleurs en tant que femme qu'en sa qualité d'être humain.

Clémence se déshabilla avec l'aide de sa femme de chambre et enfila une chemise de nuit de très fine mousseline incrustée de dentelle qui lui sembla encore trop pesante tant l'atmosphère était lourde et étouffante. Elle pensait avec commisération aux passagers de troisième classe, entassés au point qu'ils devaient avoir bien du mal à respirer, et encore plus à dormir.

– On n'apprécie jamais assez les petits conforts de l'existence, lui avait dit un jour son père.

Allongée sur son lit, le dos appuyé sur des oreillers moelleux, elle avait l'impression de jouir vraiment d'un très grand confort.

Elle alluma la lampe de chevet et prit ses livres.

Il y avait encore tant de questions qu'elle aurait voulu poser à Rex! Mais elle avait peur de l'importuner. Il avait déjà fait preuve d'une gentillesse exceptionnelle en acceptant de lui donner des leçons d'ourdou. Malheureusement, ces leçons touchaient sans doute à leur fin, et elle trouverait très difficilement pour le remplacer un professeur qui sache donner un tel intérêt à leurs discussions, lui apporter comme lui, à chaque fois, quelque chose dont elle pouvait tirer un profit personnel.

Le soir, elle repensait longuement à tout ce qu'il lui avait dit. Et parce qu'il était son professeur, qu'il lui expliquait ce qu'elle brûlait de savoir, l'homme avait cessé de l'effrayer.

« Papa penserait que j'ai eu beaucoup de chance de l'épouser », songea-t-elle.

Un instant, à l'évocation de ses anciennes terreurs, elle crut voir surgir de l'ombre le visage diabolique du Prince. Mais aussitôt la gracieuse silhouette de Krishna, le dieu de l'amour, lui apparut. Il jouait de la flûte et avait le sourire aux lèvres.

Krishna, dieu de l'amour!

Sans y penser, saisie par cette vision, elle se mit à prier :

– Donnez-moi l'amour, Krishna! Seigneur Krishna, donnez-moi l'amour!

Clémence fut réveillée au moment où le train entrait en gare. Elle entendit, venant des quais, un vacarme dont elle commençait à prendre l'habitude. La femme de chambre avait baissé les stores et, dès l'arrêt du train, les soldats qui les accompagnaient allaient descendre et monter la garde devant leur wagon.

Les cris semblèrent soudain redoubler de volume et quelques voix d'hommes lui parurent couvrir celles des autres. L'envie lui prit de regarder dehors, mais comme elle ne pouvait relever son store sans risquer d'être vue, elle sortit de son lit et alla à l'autre bout de son compartiment.

Quand le train roulait, il était impossible d'ouvrir les fenêtres si l'on ne voulait pas que la poussière s'engouffre et se dépose partout en une pellicule épaisse. Mais cela valait la peine, même pour quelques instants, de respirer un air qui n'avait pas été brassé déjà des milliers de fois par le ventilateur.

Elle leva le store vénitien, écarta le rideau et baissa la vitre.

Au delà de leur voie, sur un autre quai, elle aperçut des bagages entassés et des formes sombres, enroulées comme des tapis, qui n'étaient autres que des gens en train de dormir.

Le ciel était illuminé d'étoiles. L'air était lourd, et bien qu'elle s'efforçât de respirer profondément, la chaleur la faisait presque suffoquer.

Tout à coup, il lui sembla entendre quelqu'un chuchoter en anglais :

– Ouvrez la portière! Pour l'amour de Dieu, ouvrez!

Elle scruta l'obscurité, mais en vain. Elle croyait déjà avoir été victime d'une hallucination lorsqu'elle entendit de nouveau :

– Ouvrez la portière, je vous en supplie! Vite! Ne perdez pas une seconde!

Parce que cette prière lui était faite en anglais, Clémence obéit sans plus réfléchir. Quelqu'un se précipita aussitôt dans son compartiment, éclairé seulement par une lampe de chevet. Comme celle-ci était, de plus, recouverte d'un abat-jour vert, Clémence distinguait mal son visiteur.

Elle voyait uniquement que c'était un homme. Presque d'un seul mouvement, il ferma la portière, baissa le store et se retourna vers Clémence.

Elle le dévisagea avec effroi : il avait la peau basanée et une blessure au visage. Ses vêtements, extrêmement sales, étaient déchirés et maculés de taches de sang.

Elle voulut crier, mais elle était si terrifiée qu'aucun son ne sortit de ses lèvres.

Soudain il chancela, se plia bizarrement en deux et s'effondra à ses pieds. Puis il balbutia :

– Daviot... allez chercher... Daviot !

Le fait qu'il s'exprimât en anglais fut la seule chose qui retint Clémence d'appeler le soldat qui montait la garde devant le wagon. Etendu à terre, il perdait du sang, qui s'échappait apparemment d'une blessure au côté. Les yeux fermés, ses lèvres remuaient encore et il répéta :

– Daviot !

Clémence tremblait si fort qu'elle eut du mal à ouvrir la porte du salon. Elle le trouva plongé dans l'obscurité. Guidée par la lumière qui filtrait à travers les stores, elle se dirigea, pieds nus, vers le compartiment de Rex. Elle était si terrorisée, si émue, qu'elle entra sans même songer à frapper.

Sa lampe de chevet allumée, il dormait, ses papiers éparpillés autour de lui. Il était torse nu, ayant probablement, comme elle, tenté de se soustraire à la chaleur oppressante.

Sans penser à rien, pas même au fait qu'elle voyait pour la première fois son mari sans vêtements, elle l'appela :

– Rex !

Sa voix était si étranglée qu'il ne l'entendit pas. Sans réfléchir, elle lui posa la main sur le bras.

– Rex !

Arraché à un profond sommeil, il ouvrit les yeux et fut instantanément réveillé, l'esprit en alerte, comme tous les hommes habitués au danger.

Il la dévisagea avec stupeur et s'exclama :

– Clémence!

– Il y a... un homme... dans mon compartiment.

– Un homme?

Rex se redressa brusquement et Clémence craignit qu'il n'appelle un de leurs gardes du corps.

– Il vous a demandé expressément. Il est blessé... il perd son sang.

Sans un mot, Rex sauta hors du lit et, ajustant le pagne qu'il portait autour des reins, se précipita dans le compartiment de sa femme. Clémence le suivit.

L'homme gisait toujours là où elle l'avait laissé. Malgré son teint basané, son visage était livide, ses lèvres presque blanches. Elle le crut mort.

Rex s'agenouilla près de lui et lui demanda doucement :

– Qui êtes-vous?

– E.17., Sir... Ils ont failli... m'avoir!

Les mots s'échappaient difficilement de ses lèvres. Rex lui passa un bras sous la tête et, s'adressant à Clémence :

– Il y a une boîte à pharmacie sur ma table de chevet.

Elle courut la chercher. Lorsqu'elle revint, Rex avait glissé un oreiller sous la tête de l'homme et l'avait débarrassé jusqu'à la taille de ses vêtements sales.

Le sang provenait bien d'une blessure au côté : selon toute apparence, l'homme avait reçu un coup de couteau. Sa joue entaillée continuait également à saigner.

– De l'eau! ordonna Rex. Mais d'abord, ouvrez-moi la boîte à pharmacie.

Clémence obéit puis courut jusqu'au cabinet de toilette d'où elle revint avec une petite cuvette pleine d'eau et une éponge.

– Des serviettes! Toutes celles que vous pourrez

trouver! commanda Rex. Il y en a aussi dans mon compartiment.

Lorsqu'elle revint, Rex faisait avaler quelque chose au blessé qui avait maintenant les yeux ouverts. Elle l'entendit murmurer :

– Désolé, Sir. Ils étaient après moi... hier... Je les ai semés... Je suis venu jusqu'ici dans un char à bœufs... mais il y en avait trois... à la gare.

Il avait encore énormément de peine à parler. Cependant, le produit que lui avait fait avaler Rex commençait à lui procurer un certain soulagement. Il poursuivit :

– J'ai un message... à remettre... à B.29. A Delhi.

– Je veillerai à ce qu'il le reçoive. Où l'avez-vous caché?

– Dans mes cheveux.

Rex dénoua son turban poussiéreux. Ses cheveux n'étaient pas très longs mais d'un noir si intense qu'ils paraissaient teints. Rex en sortit un petit bout de papier qu'il plaça dans la bande d'étoffe nouée autour de sa taille.

– Vous ne pouvez pas rester dans le train. Ils ne vont pas tarder à venir vous y chercher.

– Qu'importe, Sir... maintenant que vous avez... le message.

– Il importe beaucoup, au contraire, de sauvegarder tous les membres du « Grand Jeu »!

– Oui... Sir... Mais il ne faudrait pas... que vous soyez... compromis.

– Je n'en ai pas non plus l'intention!

Clémence dévisagea Rex, horrifiée. Il n'allait tout de même pas abandonner ce malheureux, blessé et exténué, aux ennemis qui l'attendaient dehors pour le tuer?

Puis elle remarqua qu'il souriait.

– Il va falloir changer votre apparence. Pouvez-vous vous asseoir?

– Je me sens... beaucoup mieux... Quelle quantité... d'opium... m'avez-vous donnée?

– Suffisamment pour vous empêcher de souffrir. Quand avez-vous mangé pour la dernière fois?

– Il y a deux jours... peut-être trois... je ne m'en souviens... pas.

Rex s'adressa à Clémence :

– Nous ne pouvons naturellement rien demander, mais il reste peut-être quelque chose sur la desserte.

– Je vais voir, dit-elle aussitôt.

Elle entra dans le salon, alluma l'une des petites lampes et fouilla le compartiment des yeux. Il n'y avait rien sur la petite table. Il ne restait plus que la nappe blanche. Mais elle aperçut un morceau de pain qui avait roulé par terre. « Ce n'est peut-être pas très hygiénique, songea-t-elle en le ramassant, mais cela vaut mieux que de mourir de faim. »

Elle retrouva Rex en train de panser d'une main experte la plaie du blessé.

– Il faudra voir un médecin pour qu'il vous fasse des points de suture aussi vite que possible.

– J'en connais un... qui pourra m'aider... si j'arrive... jusqu'à la prochaine ville.

– Vous y arriverez, assura Rex.

– C'est tout ce que j'ai trouvé, dit Clémence en montrant son morceau de pain.

L'homme s'en empara et le dévora comme un animal affamé.

– Je crois que j'ai du chocolat dans mon sac de voyage, dit Rex. En même temps, pourriez-vous m'apporter mon rasoir?

Un peu étonnée, elle obéit sans discuter.

Elle trouva le rasoir dans une trousse en cuir et le chocolat dans un emballage pareil à ceux que l'on distribue aux soldats en manœuvres. Rapportant le tout, elle eut la surprise de voir Rex occupé à couper les cheveux du blessé avec des ciseaux qu'il avait dû trouver dans la boîte à pharmacie. Les mèches s'amoncelaient autour de lui.

– Nous allons vous transformer en moine bouddhiste, déclara Rex. Personne n'osera toucher à un saint homme, et il y a sur mon lit une couverture dont la couleur conviendra très bien.

Cette fois, Clémence n'attendit même pas qu'il lui demande d'aller la chercher. Elle rapporta bientôt le couvre-lit qui était, en effet, un drap d'un jaune éclatant.

L'homme dévorait maintenant le chocolat, presque aussi vite qu'il avait avalé le pain, tandis que Rex lui rasait le crâne, le rendant aussi chauve que les moines bouddhistes qu'elle avait vus circuler, avec leur robe safran, dans les rues de Calcutta.

– C'est de la bonne teinture que vous utilisez, dit Rex.

– C'est celle... qu'on recommande. Mais j'en ai mis... plus épais que d'habitude. Ça va être un sacré travail... pour l'enlever.

– Quand devez-vous être rentré ?

– Dans deux semaines. Le Commandant est très compréhensif. J'ignore qui m'a repéré... Mais comment le savoir ?

– Comment, en effet ?

Le crâne maintenant entièrement rasé, E.17. n'offrait plus aucune ressemblance avec l'individu qui était entré tout à l'heure dans le compartiment de Clémence. Rex avait appliqué sur sa joue une pommade qui avait arrêté l'hémorragie, et ses yeux dilatés par l'opium donnaient à son visage une tout autre expression.

– Voyez si vous pouvez tenir debout, suggéra Rex.

Sans qu'on ait eu besoin de le lui dire, Clémence se retira dans le salon. Quelques minutes plus tard, traversant l'endroit pour aller dans son compartiment, Rex lui fit remarquer en passant :

– Il nous reste quatre minutes avant le départ. Ce serait une erreur d'attendre le dernier instant.

Il y avait une bonne demi-douzaine de questions qu'elle brûlait de lui poser, mais ce n'était pas le moment. Elle le vit revenir avec de l'argent à la main et, mue par la curiosité, elle le suivit.

L'homme était debout, méconnaissable, le couvre-lit jaune drapé sur l'épaule. Son crâne parfaitement lisse lui donnait la physionomie douce et radieuse des adeptes de Bouddha.

Rex lui tendit l'argent en même temps que quelques boulettes d'opium.

– N'en usez qu'avec parcimonie, lui recommanda-t-il, mais elles vous permettront de tenir jusqu'à ce que vous soyez en sécurité.

Jetant un coup d'œil autour de lui, il aperçut, sur la table de chevet, un petit bol en argent contenant des pétales de fleurs séchés. Il le vida et le lui donna.

– Votre sébile!

L'homme sourit.

– Je savais que si je pouvais arriver jusqu'à vous, Sir, j'étais sauvé.

– « Il ne faut jamais croire que le voyage est fini avant d'être rentré chez soi », répliqua Rex, citant un proverbe indien.

E.17. se tourna vers Clémence :

– Merci, madame. J'espère ne pas vous avoir fait trop peur mais, lorsque je vous ai aperçue à la fenêtre, j'ai compris que vous étiez ma seule chance.

– Je suis si heureuse d'avoir pu vous aider!

– Il faut partir, maintenant! intervint Rex.

Il leva le store, déverrouilla la portière et se pencha négligemment au-dehors, comme pour prendre l'air. Il regarda d'abord le ciel, puis à droite et à gauche, et ouvrit enfin la porte.

– Dieu vous bénisse! dit E.17. en passant devant Clémence.

Il descendit avec précaution, comme s'il craignait de rouvrir sa blessure, s'éloigna dans l'obscurité, traversa la voie pour gagner le quai opposé. Ils le virent hésiter un instant puis il s'accroupit et s'allongea auprès de quelques dormeurs.

– Voilà qui est intelligent, murmura Rex.
– Mais pourquoi ne part-il pas tout de suite? demanda Clémence.
Rex referma la fenêtre et tira le store.
– Parce que ceux qui le cherchent surveillent toutes les issues. Ils vont rester là quelques heures et examiner de près tous les gens qui quittent la gare.
– Bien sûr! Je comprends! s'écria-t-elle. Et qu'allez-vous faire du message qu'il vous a donné? Comment le ferez-vous parvenir à son destinataire à Delhi?
– De quel message parlez-vous? De quel destinataire?
Son ton était celui de la plaisanterie, mais c'était une manière de lui faire comprendre qu'elle devait oublier tout ce qui venait de se passer.
Il se mit à ramasser les cheveux qui jonchaient le sol, les vêtements sales abandonnés par E.17., les bouts de coton ensanglantés qui traînaient et roula le tout ensemble. Puis il contempla avec inquiétude les taches de sang, très visibles sur le tapis clair.
– Je vais les faire disparaître, dit Clémence.
– Comment?
– Avec de l'eau froide.
– Très juste. Mais c'est moi qui m'en charge.
Il se mit à les frotter vigoureusement à l'aide d'une serviette, mais si les taches disparurent, la serviette était horrible à voir. Il répondit d'avance à la question de Clémence :
– N'ayez crainte. Je me débarrasserai de ces torchons et du reste un peu plus loin.
Il jeta un coup d'œil autour de lui, comme pour s'assurer que toute trace de leur visiteur avait disparu.
– Je regrette que nous n'ayons pas pu lui donner quelque chose de plus substantiel à manger, dit Clémence.
– Il se débrouillera maintenant qu'il a de l'argent,

répondit Rex, et d'ailleurs, l'opium dissipe la faim. Sans compter que c'est toujours un bienfait de nourrir un saint homme.

– Le déguisement était vraiment très intelligent. Personne ne pourrait le reconnaître, même pas sa propre mère. Il est anglais?

– De qui parlons-nous? demanda Rex.

Clémence poussa un léger soupir.

– Vous n'êtes pas très gentil. Après tout, c'est moi qui l'ai fait entrer. Et je n'ai pas crié.

Rex changea de ton.

– Vous avez été admirable. Je n'attendais pas autre chose de vous.

– Vous dites cela pour me faire plaisir, ou le pensez-vous vraiment? demanda-t-elle, désireuse d'être approuvée, comme une enfant.

– Vous avez été parfaite. Etant ma femme, ce genre de chose risque de vous arriver encore. Demain, quand nous aurons le temps, je vous expliquerai une ou deux de ces choses que vous brûlez de savoir.

– Je pourrais difficilement le nier, répondit Clémence en souriant.

Leurs regards se rencontrèrent et, pour la première fois, elle prit conscience de leur tenue : elle n'avait sur elle qu'une chemise de nuit transparente, tandis qu'il était nu jusqu'à la ceinture. Toute aux événements qui s'étaient déroulés et à son souci de sauver le blessé, elle n'avait pensé ni à elle-même ni à son mari en tant qu'homme. Elle rougit légèrement. Rex s'en aperçut et s'empressa d'ajouter :

– Merci, Clémence. Vous avez été magnifique! Allez dormir maintenant, et rappelez-vous seulement que vous avez sauvé la vie d'un homme qui était prêt à la perdre pour les Indes.

Il la quitta et, restée seule, Clémence s'assit au bord du lit.

N'avait-elle pas rêvé? Venait-elle vraiment de

vivre ce fol épisode, tout droit tiré d'un roman d'aventures? Elle attendait beaucoup de choses de son mariage et de ce voyage aux Indes, mais certainement pas cela. Et pourtant, tout ce qu'elle savait, ou plutôt tout ce qu'elle avait deviné chez son oncle aurait dû l'y préparer. Elle ne s'étonnait plus de l'admiration qui perçait dans sa voix quand il parlait de Rex.

Elle se rappelait vaguement avoir entendu dire que les Britanniques possédaient un extraordinaire système de contre-espionnage qui leur permettait de tenir tête aux Russes. Et, à n'en plus douter, son mari tout comme l'homme auquel elle avait sauvé la vie faisaient bien partie de ce qu'on appelait le « Grand Jeu ».

Ce qui venait d'avoir lieu était si extraordinaire et Rex avait réagi avec un tel calme et une telle efficacité que non seulement elle envisageait sans crainte la possibilité que pareille aventure se reproduise, mais qu'elle était surexcitée à l'idée d'y prendre part.

« Demain, Rex m'expliquera tout ce que je veux savoir », se dit-elle en se mettant au lit. Et elle s'endormit en pensant avec joie que s'ouvraient devant elle de nouveaux horizons, totalement inattendus.

Non seulement les Indes, avec leurs religions, leur peuple, leur incroyable beauté, étaient en train de forcer la porte de son cœur, mais il se passait encore autre chose, quelque chose de crucial : un combat entre cerveaux humains, au centre duquel se trouvait Rex.

« Je l'ai aidé, ce soir, et j'essaierai de l'aider de nouveau », se promit-elle.

Dans son compartiment, Rex était en train de découper en petits morceaux les vêtements d'E.17. Il ne voulait pas commettre l'erreur de jeter un paquet sur la voie, car il aurait été facile alors de faire la relation avec le passage d'un train donné, au cours d'une nuit donnée. Ne jamais prendre de risques inutiles, c'était une règle qu'on avait enfoncée dans le crâne de tous les membres du « Grand Jeu ». Ne jamais laisser traîner la moindre preuve.

Il était facile de se débarrasser des cheveux. Dès que le train eut pris de la vitesse, il les laissa s'envoler petit à petit par la fenêtre, les lâchant mèche par mèche. La serviette ne posa non plus aucun problème. Il la déchira, en frotta le sol, la plongea dans l'eau et la jeta enfin dehors comme aurait pu le faire n'importe quel domestique trop paresseux pour se donner la peine de la laver.

S'étant ainsi débarrassé de certaines choses et ayant mis les autres de côté pour s'en défaire plus loin, Rex sortit enfin le message de sa ceinture. Après l'avoir lu attentivement, il le brûla dans un cendrier et s'assit sur le lit pour rédiger un télégramme à l'adresse d'un certain petit commerçant de Delhi :

Colis légèrement endommagé durant transport mais bien reçu. Expédiez commandes suivantes comme prévu.

Le texte n'était pas signé. Le lendemain, Rex le remettrait à son valet qui le transmettrait au prochain arrêt au chef de gare en le priant de l'expédier immédiatement.

Cela fait, il s'allongea et ferma les yeux.

Il ne songeait ni à E.17. tranquillement endormi sur le quai ni à ses poursuivants qui devaient être en train de chercher fiévreusement dans la foule un homme avec une coupure à la joue et une blessure au côté.

Non, il pensait à Clémence.

Elle avait incroyablement bien réagi lors de cette première rencontre avec le danger. Une autre femme, Kitty Barnstaple, par exemple, n'aurait pas manqué de hurler ou de s'évanouir en voyant un homme, qu'elle prenait pour un indigène, s'introduire dans son compartiment.

Clémence, elle, s'était comportée en digne nièce de Sir Terence. Et pourtant, elle n'avait pas vécu longtemps avec lui. Dans la vie protégée et luxueuse qui avait été la sienne, elle n'avait certainement jamais rencontré plus grand danger qu'un petit Prince allemand fou de désir. La situation, cette fois, avait été bien différente : la vie d'un homme était en jeu et, suivant qu'elle crierait ou non, il était sauvé ou perdu.

« J'aurais dû savoir qu'elle n'était pas comme les autres », se dit Rex.

6

Lorsqu'ils arrivèrent à Lucknow, Rex était amoureux comme il ne l'avait encore jamais été.

Tout avait commencé quand, seul avec Clémence, il avait soudain remarqué sa chemise de nuit transparente et pris conscience de sa propre nudité. A l'exemple de sa femme, Rex avait été si occupé par E.17. qu'il n'avait songé à elle que comme à une assistante.

Mais lorsqu'il l'avait vue rougir, brusquement frappée par sa virilité, la femme lui était apparue et il avait été saisi d'une envie presque irrésistible de la prendre dans ses bras et de l'embrasser passionnément. Le sang s'était mis à battre à ses tempes tandis que montait en lui un désir d'une violence telle qu'il comprit à quel point il avait vu juste en la comparant à un lis tigré.

Sous sa pureté de fleur couvait un feu capable de troubler un homme au point de le priver de la faculté de penser, ne lui laissant plus, comme au Prince, que celle d'agir. Mais, ayant passé sa vie à se maîtriser et à dissimuler ses émotions, Rex lui avait souhaité bonne nuit du ton détaché qu'il fallait pour dissiper ses craintes.

Et comme il était resté jusqu'au lendemain sans pouvoir dormir, consumé par le désir de posséder non seulement son corps mais son âme, c'est alors qu'il avait compris qu'il était éperdument amoureux.

Cela avait été pour lui une véritable révélation : dans son souci de sauver la vie d'E.17., Clémence avait perdu toute sa froideur, et le mur d'indifférence et de haine derrière lequel elle se retranchait s'était effondré. Il l'avait vue soudain anxieuse, humaine, pleine de compassion, émue par le drame auquel elle était mêlée de façon si inattendue.

S'il avait pris la peine d'y réfléchir, Rex aurait reconnu que c'était exactement ce qu'il attendait d'une épouse : le courage, la présence d'esprit et la féminité. Et c'était bien la femme qui, en Clémence, avait éveillé dans son corps et dans son âme un désir qui maintenant le torturait.

Le lendemain, Rex alla la retrouver dans le salon, bien décidé à ne rien changer à son comportement envers elle. Il ne pouvait s'empêcher de penser, avec un léger amusement, que, de tous les rôles qu'il avait joués jusqu'ici, celui-ci s'annonçait comme le plus difficile.

Il avait beaucoup réfléchi pendant la nuit et en était arrivé à la conclusion que s'il voulait conquérir l'amour de Clémence – et Dieu sait combien il le désirait – il devait la séduire comme il n'avait encore jamais auparavant essayé de séduire une femme.

En brisant les premières barrières qui se dressaient entre eux, il n'avait fait pour l'instant qu'en dévoiler d'autres. Il lui fallait avant tout gagner sa confiance, et bien qu'elle sentît qu'il était différent de tous les hommes qu'elle avait pu rencontrer jusqu'ici, il lui restait pour cela un long chemin à parcourir. Il était conscient qu'il suffisait d'un mot de trop, d'un geste incontrôlé pour réveiller ses craintes et la voir se replier aussitôt sur elle-même.

En la voyant apparaître ce matin-là dans une robe de fine mousseline blanche, il se demanda comment il avait pu croire qu'elle le laissait indifférent. C'est qu'en vérité elle avait réussi à lui déguiser sa nature véritable, comme lui-même quand il se faisait passer auprès des tribus sauvages pour un de ces fakirs qu'elles vénéraient. Il cachait alors sa véritable personnalité derrière un mur, exactement à la manière de Clémence.

Il venait de comprendre qu'elle était différente de toutes les femmes qu'il avait pu connaître et il était prêt à lutter – toute sa vie s'il le fallait – pour la conquérir.

C'était bien la première fois que Rex Daviot se trouvait devant la nécessité de séduire une femme. Jusqu'à présent, c'étaient toujours elles qui avaient pris les devants et elles tombaient généralement dans ses bras avant même qu'il n'en ait éprouvé le désir.

Que la conquête de Clémence se révèle être aussi difficile que la plus difficile des tâches qu'il ait jamais entreprises pour le « Grand Jeu » avait quelque chose de fascinant; il le reconnaissait honnêtement.

Par ailleurs, si elle n'en avait pas conscience, il était persuadé, quant à lui, qu'un lien spirituel existait déjà entre eux. Il fallait arriver à la convaincre que leur union était prédestinée, inscrite de toute éternité dans leur *karma*.

Assise à sa place habituelle près de la fenêtre, elle souriait, ce matin, et avait le regard brillant. Après s'être assurée qu'ils étaient bien seuls en jetant un coup d'œil par-dessus son épaule, elle murmura :

– J'ai prié pour qu'il réussisse à s'échapper, mais connaîtrons-nous jamais la fin de l'histoire?

Rex secoua la tête.

– Je suis sûr qu'il a pu se sauver, mais il est toujours imprudent de poser des questions.

Elle poussa un petit soupir.

– Tout cela est tellement incroyable! Maintenant, je ne vais plus cesser de trembler pour vous.

– Pour moi?

– J'aurais pu être assez stupide pour ne pas lui ouvrir la porte.

– Je peux vous rassurer : pour le moment, je vais avoir tout autre chose à faire, en ma qualité de

Gouverneur. A dire vrai, après ce qui s'est passé la nuit dernière, vous risquez de trouver la vie qui nous attend plutôt terne et ennuyeuse.

– Il me semble que s'ennuyer aux Indes est une chose impossible, répondit Clémence, mais j'aimerais pouvoir vous aider, et aussi participer au « Grand Jeu ».

Rex lui sourit.

– Je crains que cela ne soit impossible aux femmes qui occupent une position comme la vôtre. Cependant, elles peuvent parfois être d'un grand secours, comme vous venez de le prouver.

– Parlez-moi du « Grand Jeu ». Maintenant que j'ai vu combien il pouvait être dangereux, j'imagine qu'on lui a donné ainsi un nom typiquement britannique.

– En effet, acquiesça Rex.

A voix basse, il se mit à lui expliquer la rivalité anglo-russe en Asie centrale et les activités d'espionnage qui s'étaient développées en conséquence. Il ne dévoila bien sûr à Clémence que ce qui était connu de la plupart des officiers supérieurs et, malheureusement, d'un certain nombre d'autres personnes. Mais elle comprit que les hommes recrutés, entraînés et initiés à ce dangereux combat souterrain, étaient essentiels à la protection des Indes et à la paix en Asie.

En arrivant pour la première fois sur la frontière du Nord-Ouest, Rex avait découvert que le « Grand Jeu » formait un réseau qui couvrait toute la superficie des Indes et comprenait aussi bien des Européens que de nombreux Indiens. Sur un cahier gardé sous clé au Bureau des statistiques, figurait une liste de numéros recouvrant des hommes et des secrets de toutes sortes auxquels se heurtaient les Russes ou tout autre ennemi des Indes, au moment où ils s'y attendaient le moins.

R.32. ignorait l'identité de M.14. avec lequel il se trouvait en rapport, tout comme D.7., ayant affaire à

G.12., ne possédait pas la moindre information à son sujet. Mais il arrivait parfois, dans les moments de danger extrême comme la nuit précédente, qu'ils puissent avoir recours à l'aide de quelqu'un.

Rex ignorait comment E.17. avait pu avoir connaissance de son identité. Il ne l'avait jamais vu auparavant et il y avait peu de chances pour qu'il le revoie un jour. Mais le fait qu'il ait pu faire appel à lui lui donnait à penser qu'à l'avenir il devrait se montrer plus prudent. Sir Terence avait sans doute raison quand il l'exhortait à abandonner provisoirement la frontière du Nord-Ouest et tous les endroits témoins de ses derniers exploits.

Rex parla ainsi jusqu'à l'heure du déjeuner, qui leur fut servi pendant un arrêt, dans une gare où régnait le même vacarme, la même agitation qu'à l'habitude.

Clémence s'était levée pour aller soulever le store vénitien et elle observa la foule avec une curiosité et un intérêt tout nouveaux. Combien de ces gens qui se bousculaient en vociférant, chargés de bagages ou d'enfants en pleurs, participaient à cet âpre combat qui laissait des morts anonymes au bord des routes, des hommes torturés pour des secrets qu'ils refusaient de trahir?

Contemplant la tendre courbe de ses seins, la finesse de sa taille, la beauté parfaite de son visage qui se profilait sur un vrai kaléidoscope de couleurs et de mouvement, Rex sentit de nouveau le sang lui monter à la tête et son cœur se mettre à battre à coups précipités dans sa poitrine.

Il détourna les yeux et se força à regarder par la fenêtre à côté de laquelle il était assis. Pendant combien de temps arriverait-il encore à donner le change? Comment jouer l'indifférence, simuler une politesse distante, étant donné ce qu'il éprouvait pour elle?

« Si je suis assez fort pour m'opposer aux Russes et faire échouer leurs plans les plus ingénieux, je dois quand même être capable de convaincre une jeune femme de m'aimer », se dit-il.

Malheureusement, Clémence n'était pas une jeune femme comme les autres!

Alors, comme chaque fois qu'il se sentait indécis et peu sûr de lui, il aperçut les aigles royaux qui planaient dans le ciel de Naini Tâl. La vision était d'une telle netteté qu'il avait l'impression de voler lui-même dans le ciel à leur rencontre.

Les aigles planaient. Et puis, avec une grâce indescriptible, ils piquèrent en flèche dans la vallée ensoleillée.

Rex comprit alors que cette force lui serait donnée.

Clémence fut émerveillée par la beauté de la région qu'ils traversèrent pour arriver à Lucknow. Des champs de lin et de moutarde s'étendaient comme des tapis bleus et jaunes devant des hectares de canne à sucre. Elle vit aussi de véritables jungles tropicales, des plaines marécageuses au pied des chaînes de montagnes couronnées de neige. Et, au coucher du soleil, elle contempla avec ravissement les nuages d'or pâle soulevés par des troupeaux de vaches rentrant au village.

Et maintenant elle découvrait la ville qui allait devenir la sienne. Elle savait par Rex que c'était l'ancienne capitale des rois d'Oudh, que le luxe y côtoyait la misère. Le plaisir, la débauche et les intrigues y attiraient des aventuriers venus de toute l'Asie.

Elle s'attendait donc à quelque chose de très étonnant, mais la réalité dépassait de loin ses plus vives imaginations.

Lucknow était renommée pour ses roses, les plus belles de l'Inde, ainsi que pour ses danseuses. Cependant, la première vision qu'en eut Clémence fut un enchevêtrement de cahutes en terre et de rues regorgeant de toutes sortes de créatures humaines et animales, y compris des tigres enchaînés. Puis elle entrevit des palais, des mosquées et des tombeaux aux architectures les plus fantaisistes, et enfin, sur une petite colline, les bâtiments gouvernementaux entourés d'un rideau d'arbres qui leur donnait un aspect très britannique.

La Résidence d'origine, qui avait subi un terrible siège pendant la révolte des cipayes, avait été abandonnée telle quelle. Délabrée, sans toit, marquée par d'innombrables trous d'obus, ayant vu la mort de deux mille femmes et enfants européens, ce n'était plus qu'une ruine que l'on ne pouvait regarder sans émotion. Un monument à la gloire du courage britannique.

Le représentant de la Couronne s'était ensuite installé au sud-est de la ville, dans un bâtiment connu sous le nom de Hayat Bakhsh Kothi, autrement dit « Maison qui donne la Vie », dénomination quelque peu ironique si l'on songe qu'elle servait, à l'origine, de dépôt de poudre. A l'époque de la révolte, les Britanniques l'appelaient plus simplement la « Résidence du Coteau ».

Elle était parfaitement bien située. Les Gouverneurs successifs s'étaient contentés de l'agrandir et d'y apporter chacun quelques améliorations. On avait supprimé les toits de chaume, élargi l'étage supérieur, ajouté des vérandas, et c'était maintenant une belle et spacieuse Résidence, avec de nouvelles cuisines, une salle de bal et une imposante porte cochère. Clémence découvrit avec ravissement ses vastes pièces, hautes de plafond, aux murs blancs lambrissés et au sol de marbre. Elle admira tout particulièrement une cheminée en pierre de style oriental dont les motifs sculptés représentaient des chrysanthèmes, des sirènes et des poissons.

Mais elle n'avait pas encore eu le temps de visiter la maison quand se déroula la cérémonie d'entrée en fonctions, dans la salle de bal où le Président du tribunal et les notables de la ville les attendaient, assemblés au fond de la pièce, tandis qu'une fanfare militaire occupait la tribune.

Rex et Clémence firent leur entrée au son des trompettes et Rex prit place dans le fauteuil d'apparat. Et la cérémonie terminée après qu'on eut tiré en leur honneur dix-sept coups de canon, ils s'avancèrent sur un tapis rouge et, aux accords de la « Marche de l'Etoile des Indes », conduisirent l'assemblée dans une pièce contiguë où les attendaient un buffet et du champagne.

Ce qui enthousiasma peut-être le plus Clémence, ce furent les jardins. Elle s'attendait bien à voir des fleurs à Lucknow, mais pas en telle quantité, pas aussi belles, pas avec des couleurs aussi extraordinaires.

Elle allait découvrir plus tard le bazar et, fascinée par les saris, les brocarts d'or et d'argent, les poteries, les figurines d'argile, les narguilés, elle en ferait un de ses lieux de promenade favoris.

Mais pour le moment, elle était émerveillée par les parterres de roses odorantes, par les fleurs sacrées de l'asoka qui embaumaient l'atmosphère. Les pelouses étaient entretenues par une armée de jardiniers. Clémence se promenait parmi tous ces arbres et ces arbustes en fleurs avec le sentiment qu'elle ne pourrait jamais les regarder assez pour apprécier toute leur beauté.

Quant à Rex, il trouva encore autre chose dans le jardin.

Les Anglaises résidant aux Indes aimaient à y planter des fleurs qui leur rappelaient leur pays : des pensées, des asters, des phlox, des capucines et des soucis qui, ici, avaient bien du mal à pousser. Ces plantes paraissaient toujours un peu maladives, comme épuisées d'avoir à lutter contre l'exubérance de la flore indigène. Or, chose étrange, parmi elles, Rex découvrit des lis tigrés.

Dieu seul doit savoir pourquoi ces fleurs ont un jour été importées de leur lointaine Amérique latine et introduites en Angleterre au début du XIXe siècle. Et elles se dressaient là, flamboyantes, fières, exotiques, avec leurs pétales orange mouchetés de noir, lui rappelant les émotions qu'il avait ressenties en rencontrant Clémence pour la première fois.

Il resta un long moment à les contempler.

Réussirait-il un jour à éveiller en Clémence ce que Kitty Barnstaple avait si justement nommé le « feu de l'amour »?

Il savait que son esprit était attiré par les sommets de la connaissance et que son instinct la poussait à la recherche des vérités les plus profondes, essentielles au développement de l'âme. De même que chez le dieu Krishna se trouvaient réunis l'amour spirituel et l'amour humain, c'était là ce qu'il cherchait chez la femme qu'il aimait.

Viendrait-il, ce jour où ils atteindraient ensemble les sommets de l'extase et deviendraient à la fois humains et divins?

Rentré dans la maison, il donna l'ordre de cueillir un bouquet de lis tigrés qu'il fit mettre dans un vase sur son bureau.

Clémence comprit très vite qu'il lui serait beaucoup plus difficile qu'elle ne l'imaginait de voir Rex à Lucknow.

Ils étaient restés ensemble pendant toute la traversée. Dans le train, elle avait toujours pu parler avec lui. Mais, à la Résidence, ils étaient sans cesse entourés d'invités, d'aides de camp et de domestiques, si nombreux qu'elle n'essayait même plus de les compter. A chaque sortie, leur attelage était escorté par un escadron de cavalerie, et invariablement, à l'arrivée, il leur fallait participer à quelque cérémonie.

Bien sûr, elle comprenait que tous les gens haut placés se devaient de rendre visite au nouveau Gouverneur. Mais, soudain, elle éprouva le désir impérieux de se retrouver un peu seule avec lui et, en y réfléchissant, elle comprit que le seul moment où un Gouverneur et son épouse pouvaient se retrouver sans crainte d'être dérangés, c'était sans doute le soir, dans le grand lit blanc qu'elle avait dans sa chambre. Là, du moins, pouvaient-ils se parler en tête à tête et jouir d'une intimité qui leur était refusée à tout autre moment.

Elle rougit à cette idée et se demanda ce que pourrait bien penser Rex si elle l'invitait à venir, le soir, la rejoindre dans son boudoir. Bien sûr, elle ne désirait que discuter avec lui de ses lectures. Peut-être accepterait-il de continuer à lui enseigner les mystères des religions hindoues, comme pendant la traversée? Non sans une certaine mélancolie, elle se dit que cela l'ennuierait probablement.

Elle apprit que, tous les soirs, il restait à travailler dans son bureau, au rez-de-chaussée, à l'autre bout du bâtiment. Il était sûr d'y trouver le calme, mais Clémence était beaucoup trop timide pour se permettre d'aller frapper à sa porte.

Chaque matin, un aide de camp venait lui apporter dans son boudoir le programme de la journée. Elle éprouva soudain l'envie de barrer l'une de ses obligations et d'écrire à la place :

Son Excellence et Lady Daviot resteront seuls chez eux de cinq heures à sept heures!

Ou mieux encore :

De dix heures à minuit!

Elle pouvait imaginer la stupéfaction de l'aide de camp! Non, jamais elle ne risquerait l'humiliation de se voir opposer un refus de la part de Rex.

Il se montrait toujours courtois et charmant envers elle et, lorsqu'il la complimentait sur sa toilette, lorsqu'il la renseignait sur les personnes qu'ils allaient rencontrer, elle sentait qu'il s'intéressait à elle.

Elle avait terriblement envie de suggérer qu'ils prennent au moins le petit déjeuner ensemble. Mais elle était persuadée que si Rex avait souhaité la voir, il aurait trouvé le moyen de leur ménager des moments de solitude, sans que cela paraisse étrange ou inhabituel.

Et puis, brusquement, tout changea.

A son grand étonnement, elle apprit qu'ils devaient quitter Lucknow le surlendemain pour Naini Tâl, la capitale d'été des Provinces du Nord-Ouest. C'était stupide de sa part de n'avoir pas prévu que, comme le Vice-Roi quittait Calcutta pour Simla, le Gouverneur des Provinces du Nord-Ouest avait également quelque part une Résidence où il passait l'été.

– Je pense que Naini Tâl vous plaira. Personnellement, j'ai hâte d'y être, lui dit Rex un jour.

– Naini Tâl? répéta-t-elle, interloquée.

– Nous partons mercredi. Vous ne le saviez pas?

– Personne ne m'en a parlé.

Il la regarda, surpris.

– C'est impardonnable de ma part de vous avoir laissée dans l'ignorance. Je vous prie de m'excuser.

– Mais de quoi donc?

– D'être aussi obtus. Vous ne pouviez pas deviner qu'à partir d'avril, et durant toute la saison chaude, le Gouverneur de cette Province réside à Naini Tâl.

– Où est-ce? demanda-t-elle.

– Dans un site qui, j'en suis sûr, vous enchantera, et qui pour moi est l'un des plus beaux du monde.

La curiosité de Clémence en fut évidemment éveillée et, lorsqu'ils arrivèrent, elle comprit pourquoi Naini Tâl était si cher au cœur de Rex.

En 1839, les Britanniques avaient découvert, parmi les collines boisées des contreforts de l'Himalaya, un lac qui, d'après la légende locale, était apparu dans un trou creusé par la déesse Naini. Celle-ci aurait interdit ce lieu aux étrangers, si bien que lorsqu'en 1880 un glissement de terrain s'était produit, ensevelissant l'hôtel Victoria, la salle des fêtes, la bibliothèque, et faisant un grand nombre de victimes, les indigènes unanimes avaient proclamé que c'était là un châtiment de la déesse.

Sir John Strachey, le Gouverneur de l'époque, peu soucieux de la colère divine, avait fait construire sa Résidence dans un endroit que ne menaçaient pas les avalanches, sur un sommet, à environ quatre cents mètres au-dessus du lac.

C'était un édifice étrange, une sorte de château gothique avec des tourelles crénelées, les unes carrées, les autres octogonales, construit dans une pierre ocre que recouvrait peu à peu la végétation. On eût dit un manoir écossais, totalement déplacé en plein cœur de l'Himalaya.

Cependant, Clémence fut charmée par ses voûtes gothiques, son grand escalier en bois sombre et par les boiseries de la salle à manger, ornées de têtes de cerfs. Des bûches flambaient dans les énormes cheminées, car si les journées étaient chaudes, la température fraîchissait beaucoup le soir.

La Résidence se dressait dans une enceinte aussi vaste qu'un domaine anglais, et les fleurs poussaient jusque dans la forêt qui l'entourait. A côté d'elles, même celles de Lucknow pâlissaient et n'étaient plus que de pauvres plantes insignifiantes. Le jardin embaumait le muguet, les pentes étaient rouges de rhododendrons, les allées étaient bordées d'orchidées mauves et les fourrés recouverts de clématites blanches.

Enfin, ce fut avec une stupeur émerveillée que Clémence découvrit les sommets enneigés qui surplombaient Naini Tâl et, tout en bas, comme un décor de théâtre, la plaine qui s'étendait sur une centaine de kilomètres.

En outre, pour la première fois depuis leur arrivée aux Indes, Clémence avait maintenant l'occasion de passer quelques moments avec Rex. Il lui expliqua qu'ils auraient encore à donner quelques réceptions, dîners, bals ou fêtes de plein air. Mais que, pour les atteindre, leurs invités devraient effectuer un pénible trajet en *rickshaw*, le pousse-pousse indien, en charrette, ou à dos de mulet.

Comme elle trouvait ce détail plutôt amusant, Rex lui fit remarquer :

– C'est notre chance. Dans quelques années, je suis persuadé qu'il y aura des automobiles et que les gens feront leur apparition à l'improviste, au moment où nous aurons le moins envie de les voir.

– Des automobiles ?

Elle en avait vu quelques-unes avant son départ d'Angleterre mais se les imaginait difficilement aux Indes. Elle espérait maintenant que Rex ne se révélerait pas bon prophète.

Après les premières réceptions, elle put jouir de quelques moments de solitude et, plus important encore, bien qu'elle ne se l'avouât pas aussi clairement, de la compagnie de Rex.

– Je voudrais vous montrer quelque chose, lui dit-il un jour.

Il l'entraîna à travers une profusion de fleurs tropicales blanches et roses qui poussaient près de la maison et de parterres d'hortensias, jusqu'à un parc qui, à première vue, paraissait presque anglais. On y trouvait des chênes, des hêtres, des châtaigniers, mais les troncs étaient couverts de mousse et de fougères, et les allées bordées d'orchidées.

– Le domaine est-il très vaste ? demanda Clémence.

– Il comprend une ferme qui nous fournit en lait, viandes et volailles, et plusieurs hectares de forêt et de brousse pleins d'animaux sauvages et même de panthères !

Après avoir marché encore un moment, Rex s'arrêta brusquement devant un gouffre, provoqué sans doute par un glissement de terrain. Il devait avoir une trentaine de mètres de profondeur, mais à cause du petit nuage qui flottait à l'intérieur, on avait l'impression d'un abîme sans fond. Et derrière, l'Himalaya se découpait sur le ciel, avec des pics auréolés de nuages blancs, la neige immaculée scintillant sous le soleil avec des reflets d'or.

Le paysage était d'une telle beauté que Clémence en eut le souffle coupé.

– Un jour que j'étais venu ici, lui dit Rex, j'ai vu deux aigles royaux planer très haut dans le ciel. D'une certaine manière, ils font maintenant partie de moi. A chaque fois que je suis en danger ou que j'ai à prendre une décision difficile, je pense à eux.

– Et cela vous aide? demanda Clémence à voix basse.

– Jusqu'à présent, ils m'ont toujours dit ce que je devais faire, et ils ne se sont jamais trompés.

Il se tourna vers elle et ajouta :

– Je les ai vus très nettement au moment où je me demandais si oui ou non j'accepterais l'invitation de votre oncle à vous rencontrer.

– Et ils vous ont conseillé... d'y aller?

Soudain, sans savoir pourquoi, elle avait beaucoup de mal à parler. Elle respirait difficilement et sa gorge était étrangement nouée.

– Ils m'ont dit que c'était mon destin.

– Je regrette de ne pas... l'avoir su.

– Pourquoi?

– Je crois que j'ai perdu beaucoup de temps à... avoir peur de vous et... à vous haïr.

– Je comprenais très bien ce que vous ressentiez.

– Je sais. Et cela me rendait... furieuse.

– Et maintenant?

Soudain, un sourire illumina son visage.

– Je suis très contente que les aigles vous aient montré... ce qu'il fallait faire.

Ils demeurèrent un certain temps immobiles, en admiration devant le soleil couchant, comme s'ils n'avaient plus besoin de mots pour communiquer. Rex avait peur de rompre ce silence.

Puis, alors qu'ils faisaient demi-tour et qu'il songeait à tout ce qu'il aurait voulu lui dire encore, ils aperçurent au loin, entre les arbres, un aide de camp qui venait à leur rencontre.

– Que le diable l'emporte! murmura Rex, et Clémence sentit son cœur chavirer.

Elle comprit qu'il n'avait pas envie d'être dérangé pendant qu'il se trouvait avec elle. Le soleil lui parut soudain plus doré et elle se retourna pour le contempler encore une fois.

Et c'est avec une émotion étrange qu'elle n'osait pas analyser qu'elle prit conscience du profond mécontentement qui se peignait sur le visage de Rex : son aide de camp l'informait de l'arrivée d'un visiteur important qu'il fallait recevoir avec tous les honneurs dus à son rang.

Dès que Clémence eut de nouveau l'occasion de s'échapper de la Résidence, elle décida de retourner dans cet endroit où l'avait emmenée Rex.

C'était après un déjeuner plutôt fastidieux en compagnie de gens inintéressants. Elle aurait aimé demander à Rex de l'accompagner mais il se trouvait en réunion, et sans doute pour longtemps.

Elle prit une ombrelle et, faisant fi des conventions, sortit sans chapeau. Elle était heureuse de sa liberté, d'être débarrassée du strict protocole qui régissait sa vie à Lucknow.

Sur le chemin bordé d'orchidées, elle se mit à fredonner, admirant au passage les blanches clématites qui grimpaient et s'enroulaient aux troncs des arbres, presque avec sensualité, et les fleurs mauves et écarlates de la végétation tropicale. Elle avait l'impression d'avancer dans un décor.

« Mais un décor pour quoi? » se demanda-t-elle. Elle imagina aussitôt Krishna, dansant parmi ces fleurs sacrées. C'était l'endroit idéal pour le dieu de l'amour.

Elle était presque arrivée lorsqu'elle s'aperçut qu'elle n'était pas seule : au pied d'un des cèdres millénaires, se détachait la silhouette d'un homme. Elle n'en fut pas effrayée, seulement surprise, car personne n'avait le droit de pénétrer dans l'enceinte de la Résidence.

Puis elle remarqua qu'il s'agissait d'un Sâdhu. Il portait, comme tous ceux qu'elle avait vus, la robe safran qui, négligemment drapée autour du corps, lui dénudait une épaule. Le crâne rasé, il avait cette expression de sainteté qui éclaire le visage de ces hommes retirés du monde.

Fascinée, elle quitta le sentier pour se frayer un chemin vers lui entre les arbres.

Les yeux clos, il semblait absorbé dans une profonde méditation. Elle attendit. Bien qu'il demeurât impassible, elle savait qu'il était conscient de sa présence.

Il paraissait avoir une cinquantaine d'années. Mais peut-être était-il beaucoup plus âgé. Une vie de méditation et d'ascétisme, surtout à la hauteur des neiges, ralentissait souvent le vieillissement.

Enfin, après une attente qui lui sembla longue, le Sâdhu ouvrit les yeux.

– Pardonnez-moi si je dérange Votre Sainteté, dit Clémence en ourdou, mais j'aimerais vous parler.

– Parle, répondit le Sâdhu. Pose-moi la question qui est au fond de ton cœur.

– La question? balbutia Clémence, déconcertée. Je cherche à comprendre... à connaître tant de choses.

– Tu ne trouveras ce que tu cherches que dans l'amour! déclara-t-il lentement, mais fermement. Tu regardes vers les hauteurs et c'est très bien. Mais tu dois également descendre dans la plaine. Ces deux univers se complètent. C'est la loi. C'est par là que passe la voie de la connaissance.

– Je crois que... je ne comprends pas, répondit Clémence.

Le Sâdhu la regarda comme s'il pouvait pénétrer jusqu'au fond de son âme.

– Tu comprends, dit-il enfin. L'amour chasse au loin la peur.

Il referma les yeux, et Clémence comprit que leur conversation s'arrêterait là.

Après avoir hésité un instant, elle s'éloigna. Elle croyait avoir d'innombrables questions à lui poser, mais aucune ne lui venait à l'esprit. Elle entendait seulement ses paroles :

« L'amour chasse au loin la peur. »

Bizarrement, les craintes qui l'obsédaient à son départ d'Angleterre s'étaient évanouies. Cela faisait maintenant des semaines, sinon plus, qu'elle n'avait accordé une pensée au Prince. La haine, la terreur, dont elle était convaincue qu'elles la hanteraient à jamais, avaient été balayées par sa découverte des Indes... et surtout par Rex.

Elle pensait à lui non seulement quand elle le voyait, mais le soir en se couchant et le matin en s'éveillant.

Elle éprouva soudain le désir impérieux d'être avec lui, d'entendre sa voix, de sentir qu'elle existait pour lui. L'impulsion était si forte qu'elle interrompit sa promenade et fit demi-tour pour reprendre le chemin de la Résidence.

Abandonnant le sentier, elle prit un raccourci à travers les arbres et se retrouva tout à coup dans un véritable labyrinthe de rhododendrons. A tout autre moment elle eût été envoûtée par le spectacle qui s'offrait à ses yeux. Mais elle n'avait plus qu'un désir : rejoindre Rex.

Malheureusement, elle s'aperçut qu'elle était perdue parmi tous ces buissons qui entouraient le jardin. Il eût sans doute été plus sage de rebrousser chemin pour reprendre le sentier aux orchidées mais, dans son impatience, elle s'obstina à vouloir traverser les fourrés.

Soudain, des voix lui parvinrent. Elle s'arrêta aussitôt et entendit quelqu'un qui disait en ourdou :

– Magi va frapper d'un moment à l'autre.

Ce n'était pas seulement le mot « frapper » qui alerta Clémence, mais aussi la manière étrange dont ces paroles avaient été mi-chuchotées, mi-sifflées.

– Comment il va entrer?

– Amar l'attend dans la cave.

– Les gardes peuvent le voir.

– Non. Lui aide Sadhin à porter le bois, sentinelles stupides, remarquent pas deux bûcherons au lieu d'un.

– Ça, c'est malin!

– Ceux qui donnent les ordres, eux les malins.

– Pour sûr! Et ils payent bien.

Il y eut un silence et Clémence retint son souffle.

– Comment Amar arrive à Lord Sahib? reprit l'un d'eux.

– Lui là-bas maintenant. Très facile. Lord Sahib va dans son bureau. Après les invités partis, feu pas encore allumé, Sadhin grimpe depuis cave dans cheminée.

– Malin – très malin!

– Passage préparé depuis deux jours.

– Plan malin – plan très malin!

Les deux hommes étouffèrent un rire et, soudain, Clémence comprit toute la signification de ce qu'elle venait d'entendre.

Il s'agissait d'un nouvel épisode du « Grand Jeu ». On allait assassiner Rex. Mais cette fois, les Russes – et qui d'autres sinon eux? – avaient soudoyé deux employés de la Résidence.

Lentement, marchant avec précaution pour éviter les brindilles, prenant bien garde à ne pas attirer l'attention, Clémence se faufila hors des rhododendrons et partit en direction, pensait-elle, de l'allée aux orchidées.

Mais lorsqu'elle sentit qu'elle pouvait enfin avancer rapidement en toute sécurité, elle s'aperçut qu'elle avait perdu son chemin et fut prise de panique. Elle n'avait plus aucun point de repère pour la guider. Elle ne voyait ni le sentier qui menait à la Résidence ni la Résidence elle-même. Elle ne voyait que des arbres recouverts de clématites et ils se ressemblaient tous. Et des rhododendrons, des kilomètres de rhododendrons.

Frénétiquement, elle entreprit de se frayer un passage à travers les buissons, envahie par une panique grandissante, sentant qu'elle perdait un temps précieux. Car ces hommes, quels qu'ils soient, devaient savoir, comme elle, que Rex se rendrait dans son bureau peu après trois heures. Et Amar devrait agir immédiatement, sinon ce serait trop tard : le feu serait allumé et il ne pourrait plus rester tapi dans la cheminée en attendant de sauter sur Rex.

Elle n'avait jamais vu la pièce mais si le bureau était placé devant la fenêtre, comme elle le supposait, dans ce cas la cheminée se trouvait soit à sa droite, soit à sa gauche, soit derrière lui.

Rien n'était plus facile que de le poignarder ou de tirer sur lui par-derrière !

Dans cette région de montagnes, son assaillant utiliserait plus probablement le poignard, ce long poignard acéré qui avait déjà tué tant de soldats britanniques et que ces derniers redoutaient au moins autant que les balles.

« Rex ! Rex ! »

Pour le sauver il fallait qu'elle arrive avant Amar et elle était perdue – perdue dans un cauchemar de fleurs, dans un paradis de beauté devenu son enfer.

Elle allait crier, appeler au secours, espérant que quelqu'un l'entendrait, quand tout à coup elle aperçut le sentier aux orchidées et, à travers les arbres, les tourelles de la Résidence!

En même temps, elle se rendit compte que le soleil était déjà moins chaud et que les ombres s'allongeaient. Si elle voulait sauver Rex, c'était une question de minutes.

Abandonnant son ombrelle, elle attrapa les pans de sa jupe à deux mains et se mit à courir.

Elle courut comme elle n'avait encore jamais couru, avec une seule pensée en tête : atteindre le bureau du Gouverneur où Rex, penché sur ses papiers, était inconscient de la mort qui le guettait.

Ce bureau se trouvait au fin fond d'un long couloir qui traversait le rez-de-chaussée dans toute sa longueur. Sans arrêter sa course effrénée, sachant qu'elle n'avait ni le temps d'appeler à l'aide ni le temps de donner des explications aux sentinelles, elle franchit la porte, se précipita dans le hall et, sans s'occuper des domestiques qui la regardaient avec stupeur, tourna tout de suite à droite et continua à courir jusqu'au bout du couloir.

Elle ouvrit violemment la porte : la pièce était vide! Rex n'était pas là!

Presque malade de soulagement, mais guidée par une sorte de sixième sens, elle referma aussitôt la porte et resta dans le corridor. Si Rex était sain et sauf, l'homme qui l'attendait devait être capturé et mis hors d'état de renouveler sa tentative de meurtre.

Le cœur battant, les lèvres sèches, elle essaya désespérément de réfléchir. En dehors d'Amar et de l'individu qui l'avait introduit dans la cave, qui pouvaient bien être les deux hommes qu'elle avait surpris dans le jardin?

Elle tremblait encore, cherchant à reprendre sa respiration, quand elle entendit un bruit de pas et Rex apparut, avançant vers elle avec insouciance.

Sans plus réfléchir, sans se demander ce qu'elle

devait faire, voyant seulement qu'il était en vie, qu'il était sain et sauf, qu'il fallait le mettre en garde, elle courut vers lui.

A la grande stupeur de Rex, elle se jeta dans ses bras, se serra contre lui, sa joue contre la sienne, et murmura d'une voix méconnaissable :

– On veut... vous tuer! Oh, Rex, il y a... un homme... qui vous attend pour... vous tuer!

Sans comprendre, Rex la prit dans ses bras tandis qu'elle continuait à lui chuchoter à l'oreille :

– Il est caché... dans la cheminée... Il attend que vous soyez... seul... On l'a payé pour ça...

La tenant toujours enlacée, Rex répondit calmement :

– Tout va bien. Cessez de trembler et racontez-moi exactement ce qui s'est passé.

Elle avait eu si peur, les bras de Rex lui semblaient si réconfortants, elle était la proie d'émotions si étranges qu'elle ne put retenir ses larmes.

– Ne bougez pas et essayez de me dire ce que vous savez le plus tranquillement possible, répéta Rex.

– J'étais perdue... dans le jardin... J'ai entendu deux hommes qui parlaient.

– En ourdou?

– En ourdou... mais j'ai compris...

– Continuez!

– Ils disaient qu'on avait payé un individu nommé Amar, qu'il devait entrer dans la maison en apportant le bois avec Sadhin... se cacher dans la cave et... grimper le long de la cheminée jusqu'à votre bureau. Ils ont creusé un trou... il y a deux jours!

A bout de souffle, elle dut s'arrêter. Rex lui murmura à l'oreille :

– Continuez! Prenez votre temps.

– Il devait vous tuer... sûrement avec un couteau... quand vous seriez assis à votre bureau... J'ai eu si peur... d'arriver trop tard!

– Mais vous êtes arrivée à temps, répliqua-t-il, toujours aussi calme. Maintenant, écoutez-moi : vous allez demander aux aides de camp d'envoyer immédiatement deux soldats monter la garde devant la porte de la cave.

Comme il se taisait, Clémence s'écarta légèrement pour le regarder.

– Et d'en envoyer d'autres ici?

– Plus tard, répondit Rex, quand je les appellerai.

Elle ouvrit grands les yeux.

– Vous n'allez pas... entrer là-dedans tout seul?

– Tout ira bien, ne vous inquiétez pas.

– Non! Non! s'écria-t-elle en s'accrochant à son cou. Je ne le supporterais pas... Il va vous tuer... Rex, je vous en prie, laissez faire les soldats... pas vous!

– Je serai plus efficace qu'eux!

– Je peux me tromper... Il a peut-être un revolver!

– Je saurai me protéger.

– Vous vous précipitez au-devant du danger... Et s'il vous tue?... Non... Je ne le supporterais pas!

– Faites-moi confiance, dit-il en la serrant plus fort contre lui.

– Je vous en prie... Soyez... un peu plus prudent.

– Je le serai puisque vous me le demandez.

Levant vers lui des yeux embués de larmes, elle semblait le supplier de tout son être. Comme il la regardait, dans un élan irrésistible il posa ses lèvres sur les siennes. Il ne les y laissa pas plus d'une seconde et se détacha aussitôt d'elle.

– Allez vite à la salle des aides de camp comme je vous l'ai demandé! déclara-t-il sur un ton de commandement.

Elle aurait voulu le retenir, le supplier à genoux

de ne pas faire une chose aussi insensée, aussi dangereuse. Mais il ne l'écouterait pas et, désespérée, elle fit demi-tour pour aller transmettre ses ordres. Elle savait maintenant qu'elle l'aimait et que, si elle devait le perdre, elle aurait perdu tout ce qui comptait pour elle dans la vie.

7

Rex se dirigea sans hâte vers son bureau.

Il ouvrit la porte et pénétra dans la pièce où il demeura un instant immobile. Puis, à voix haute, il s'écria comme exaspéré :

– Nom de Dieu !

Faisant demi-tour, il rouvrit la porte et la claqua violemment, mais sans sortir. Et il resta là sans bouger, cherchant à évaluer exactement la situation.

Son bureau était devant la fenêtre avec la cheminée à sa gauche. Par conséquent, pour pouvoir le surveiller, l'homme devait être caché dans le coin gauche de la cheminée.

La pièce était spacieuse et, au bout d'un moment, Rex commença à avancer silencieusement le long d'un mur qui devait échapper à son regard.

Savoir se déplacer sans bruit était l'une des premières choses qu'on enseignait aux membres du « Grand Jeu ». Les Indiens, qui marchaient pieds nus, y arrivaient sans mal, alors que les Anglais, avec leurs chaussures et leurs bottes, éprouvaient beaucoup plus de difficulté.

Fort heureusement, c'était un exercice dans lequel Rex était passé maître, et il ne lui fallut que quelques secondes pour atteindre l'imposante cheminée de marbre.

Très lentement, il tira de sa poche une pièce de monnaie qu'il envoya rouler à l'autre bout de la pièce. C'était une ruse bien connue mais qui ratait rarement son effet.

Intrigué, l'homme sortit la tête. Une main de fer le saisit aussitôt par le cou, tandis qu'une douleur cuisante au poignet l'obligeait à lâcher le poignard acéré qu'il tenait à la main.

Pendant ce temps, Clémence se précipitait dans la salle des aides de camp où elle ne trouva que le Capitaine Anderson, qui avait servi dans le même régiment que Rex. Il était assis, en train de lire, et si elle n'avait été aussi agitée, elle aurait remarqué avec intérêt qu'il s'agissait d'un livre sur le Tibet.

En la voyant ainsi, hors d'haleine, les joues encore mouillées de larmes, il se leva d'un bond.

– Votre Excellence...!

– Envoyez deux soldats à la porte de la cave et ne laissez personne s'échapper! Vite! Vite!... Il n'y a pas un instant à perdre!

Sans poser de questions, le Capitaine Anderson se contenta d'obéir, l'ordre ne pouvant venir que du Gouverneur. Il sortit précipitamment tandis que Clémence prenait appui contre la porte, prise soudain d'une étrange faiblesse.

Le danger que courait Rex maintenait malgré tout ses sens en alerte. Comment aurait-elle pu savoir, comment aurait-elle pu deviner que l'amour lui ferait éprouver des frayeurs beaucoup plus angoissantes que celles qu'elle avait jamais éprouvées pour elle-même!

Elle était si inquiète qu'elle fut tentée d'appeler les sentinelles et d'ameuter tout le personnel domestique. Mais, comme le Capitaine Anderson, elle avait reçu des ordres auxquels elle était tenue d'obéir.

Lentement, tenant à peine sur ses jambes, elle retourna sur ses pas et s'approcha du bureau de Rex en tendant l'oreille. Elle avait l'impression que tous les bruits de la maison se liguaient contre elle pour empêcher que ne lui parvienne la seule voix qu'elle espérait entendre.

Le silence ne pouvait être qu'un funeste présage, car les morts ne parlent pas.

Alors qu'aucun son ne semblait venir du bureau et que, désespérée, Clémence imaginait déjà Rex baignant dans son sang, poignardé, elle entendit sa voix.

Elle ne comprenait pas ce qu'il disait, mais en reconnaissant son intonation paisible, elle éprouva un tel soulagement que les larmes se remirent à couler sur ses joues. Par intervalles, une autre voix l'interrompait, celle de quelqu'un qui implore la pitié.

« Pourquoi ne le tue-t-il pas? » songea-t-elle avec colère. Mais elle eut bien vite honte d'elle-même et de sa soif de sang.

Pourtant, s'il avait fallu choisir entre la vie de Rex et celle d'un autre, elle n'aurait pas hésité. Un homme, mille hommes – ils pouvaient tous disparaître pourvu que Rex soit vivant.

Quelques minutes plus tard, le Capitaine Anderson venait la rejoindre et, au même instant, Rex sortit de son bureau. Sa silhouette se détachait à contre-jour et, en la voyant, Clémence perdit aussitôt l'usage de la parole. Elle le regardait comme une apparition descendue du ciel, comme un messager du paradis venu l'arracher à ses terreurs.

– Entrez, Anderson! dit Rex en s'adressant à son aide de camp, et Clémence lui emboîta le pas.

Par terre gisait une misérable créature, les mains liées avec son propre turban, bâillonnée d'un mouchoir.

– Qu'on l'emmène et qu'on l'enferme, dit Rex en le montrant du doigt. Il sera inculpé de vol, ainsi que le bûcheron que vous trouverez dans la cave. Qu'on arrête les deux jardiniers, Daud et Hari, pour tentative de vol également. Et qu'on veille à ce qu'ils ne puissent pas communiquer entre eux.

– A vos ordres, Excellence, répondit le Capitaine Anderson.

– Gardez leur détention aussi secrète que possible, reprit Rex, et faites amener deux chevaux devant la porte de service. Je sors. Azim m'accompagnera.

Clémence le dévisagea avec stupeur.

Azim était un serviteur attaché depuis des années à sa personne. Où Rex avait-il l'intention d'aller, et pourquoi avec Azim? La question lui brûlait les lèvres.

Après s'être assuré d'un rapide coup d'œil que l'homme qui gisait à terre était suffisamment bien attaché, le Capitaine Anderson quitta les lieux.

Rex regarda Clémence en souriant et, sans lui laisser le temps de parler, l'entraîna dans le couloir.

– Où allez-vous? Pourquoi avez-vous besoin... d'un cheval...? commença-t-elle.

Il l'interrompit :

– Je ferai aussi vite que possible, mais je serai probablement en retard pour le dîner. Je vous laisse la charge de tout jusqu'à mon retour. Personne ne doit soupçonner que je ne suis pas dans la maison.

– Rex! Rex! s'écria désespérément Clémence.

– Je vous ai demandé de me faire confiance, comme je vous fais confiance. Ne m'avez-vous pas dit que vous souhaitiez participer au « Grand Jeu »?

« Pas de cette façon! avait-elle envie de crier. Pas en étant tenue dans l'ignorance des dangers qu'il allait courir, pas en étant abandonnée toute seule à l'arrière! » Mais avant qu'elle n'ait pu ouvrir la bouche, il était déjà parti. Elle le vit pénétrer dans une pièce inutilisée, mais d'où partait un escalier qui lui permettait de monter dans sa chambre sans être vu.

Elle crut d'abord qu'elle ne supporterait pas cette nouvelle épreuve. Elle se sentait incapable de faire ce qu'il attendait d'elle. Elle voulait courir après lui, le supplier de l'emmener, ou au moins de lui en dire plus. L'abandonner ainsi au doute, à la peur, à l'angoisse qui la tenaillait, c'était trop exiger de l'endurance humaine.

Mais pouvait-elle trahir la confiance que Rex avait mise en elle? D'un pas lent et digne, elle se rendit dans le hall et monta l'escalier qui menait à son salon particulier.

Elle ne vit personne alentour, aucun signe montrant que Rex se trouvait dans l'appartement réservé au Gouverneur et à sa femme. Cet appartement était composé d'une grande chambre, la sienne, blanche, fraîche, avec trois fenêtres donnant sur le jardin et une vue superbe sur les montagnes. A côté se trouvait le boudoir, rempli de fleurs, qui communiquait avec la chambre du Gouverneur où elle n'était jamais entrée.

Clémence s'assit d'abord un instant puis alla regarder par la fenêtre. Mais elle ne voyait rien de la beauté de Naini Tâl qui d'habitude l'envoûtait. Elle ne pensait qu'à Rex, qui était en train de chevaucher sans escorte vers le danger.

Sans qu'il ait eu besoin de le lui dire, elle avait compris qu'il était parti à la poursuite de l'individu qui était à la tête du complot destiné à le supprimer. Et pour cet homme, qu'il soit russe ou à la solde des Russes, le cadavre de Rex constituerait une victoire, à la fois morale et physique.

De désespoir, elle se prit le visage dans les mains et songea aux prières qu'elle avait adressées au dieu Krishna pour qu'il lui apporte l'amour. Elle ignorait alors que l'amour pouvait être une arme à double tranchant. Ce n'était pas seulement, comme elle l'avait cru, une extase spirituelle qui vous transporte sur de lumineux sommets. Elle comprenait maintenant ce qu'avait voulu lui dire le Sâdhu : « Tu dois également descendre dans la plaine. »

C'était là qu'elle se trouvait à présent. Désespérée, déchirée, elle était en proie à une souffrance humaine, à des émotions humaines, à l'amour qui n'était pas une pure extase, mais quelque chose de beaucoup plus fondamental.

Ce qu'elle ressentait était si intense qu'elle se mit à trembler. Puis elle entendit la voix de Rex, calme, sereine, et cependant impérieuse : « Faites-moi confiance, comme je vous fais confiance. »

Devant une petite auberge misérable de la ville de Naini Tâl, un *rickshaw* s'arrêta pour laisser descendre un Pathan coiffé d'un turban bleu sous lequel perçait un regard d'aigle.

Drapé dans une étoffe d'un blanc douteux qu'il portait sur un pantalon et une tunique sale, décorée d'amulettes et de bracelets, il se déplaçait avec la grâce silencieuse d'une panthère aux aguets.

Dans la large ceinture de coton qui servait à retenir son pantalon, il avait glissé un grand pistolet à pierre, deux poignards et un long sabre sculpté, capable de couper en deux une plume en plein vol.

Les deux roses rouges qu'il portait derrière l'oreille ne suffisaient pas à dissiper l'impression que son seul but, son seul plaisir dans la vie, était d'infliger la mort – une mort à la fois lente et douloureuse.

S'approchant du propriétaire de l'auberge – un Indien nonchalant et obèse qui avait investi toutes ses économies dans cette pauvre bâtisse –, il demanda d'une voix étrange et gutturale :

– Dans quelle chambre le Sahib étranger?

L'Indien le regarda d'un œil soupçonneux mais les poignards et les sabres l'incitaient à la prudence.

– Il vous attend? demanda-t-il.

Le Pathan répondit par un mouvement de tête presque imperceptible et l'hôtelier lui indiqua l'escalier de bois branlant.

– Numéro deux.

Après avoir jeté un coup d'œil autour de lui, le Pathan gravit l'escalier, avec l'air hautain caractéristique des hommes de sa race.

Un siècle de relations avec les Pathans n'avait pas permis aux Britanniques de se faire une idée claire à leur sujet.

Des voleurs sournois et sans pitié, des assassins traîtres et cruels, écrivait un officier en poste à la frontière. *Ces sauvages éhontés ne changeront jamais.*

Tandis qu'un autre les voyait tout à fait différemment :

Le Pathan est courageux, sobre, religieux selon ses principes. Il a le sens de l'humour et l'amour du sport.

Quelle que fût l'opinion de l'hôtelier sur son visiteur, il n'avait assurément aucune envie de l'exprimer ou d'en discuter avec l'homme qui venait de disparaître en haut de l'escalier.

Sans prendre la peine de frapper, le Pathan entra dans la chambre numéro deux.

Un étranger était allongé sur le lit, exactement le genre d'homme qu'il s'attendait à trouver : un individu visiblement plus cultivé que ne le suggéraient les apparences, et dont les traits n'appartenaient ni aux Indes ni à l'Afghânistân. Ses vêtements avaient été délibérément choisis pour lui donner l'allure du touriste qu'il prétendait être.

Sur une table reposaient quelques toiles et une boîte de peinture. C'était là un prétexte classique pour parcourir les contreforts de l'Himalaya, et le titre d'« artiste » pouvait recouvrir bien d'autres intérêts.

En voyant entrer le Pathan, l'homme se dressa sur son lit.

Tout se passa très vite, et ce ne fut que le lendemain matin que l'hôtelier, inquiet du silence de son client, entra dans la chambre et découvrit que le Sahib était mort d'une « crise cardiaque ».

Son cadavre ne portait aucune trace de violence, et le Pathan avait disparu. Pourtant, il n'était certainement pas redescendu par l'escalier.

Mais il est vrai que le second étage d'un petit bâtiment n'est pas bien loin du sol!

Clémence ne devait jamais se rappeler ce qu'elle avait pu dire aux invités qui arrivèrent ce soir-là et que lui présenta le Capitaine Anderson.

Naini Tâl était réputée pour sa table : les sucreries qui furent servies avant le dîner étaient assurément délicieuses et les invités parurent apprécier le vin.

Clémence s'était habillée comme en rêve, laissant à sa femme de chambre le soin de choisir aussi bien sa robe que ses bijoux. Les yeux fixés en aveugle sur son miroir, elle n'y voyait pas s'y refléter son propre visage mais celui de Rex.

S'il avait posé ses lèvres sur les siennes, c'était sans doute pour la rassurer, comme on réconforte une enfant. Elle désirait beaucoup plus de sa bouche... et de lui.

Au salon, il lui avait semblé presque impossible de suivre la conversation mais, puisque ses invités riaient et paraissaient à l'aise, c'est qu'elle s'était machinalement conformée à ce qu'on attendait d'elle.

Elle s'efforçait de ne pas regarder à chaque seconde la grande pendule dorée qui se dressait sur la cheminée. Etait-il possible que le temps passe si lentement?

Ils avaient déjà quinze minutes de retard sur l'heure prévue pour le dîner. Les serviteurs, dans leur livrée blanche, rouge et or, continuaient à servir à boire. Et elle ne se décidait toujours pas à entraîner ses invités dans la salle à manger où les attendait la longue table avec une nappe damassée, son service étincelant, ses serviettes adroitement pliées en forme d'éventail ou d'oiseau exotique. Du fond de son cœur, elle appelait :

« Rex! Rex! »

Que s'était-il passé? Pourquoi n'arrivait-il pas? Comment avait-elle pu le laisser partir sans savoir où il allait ni ce qu'il allait faire?

Elle avait l'impression d'avoir une pierre sur la poitrine, qui devenait de plus en plus lourde et l'empêchait de respirer.

Soudain, un serviteur ouvrit la porte et Rex apparut, en habit de soirée, et souriant!

Tout le monde se leva. Les dames firent la révérence tandis que les messieurs s'inclinaient. Pour Clémence, c'était comme si un feu d'artifice avait brusquement éclaté dans le ciel, éclairant la pièce d'une lumière presque aveuglante.

Le regard de Rex croisa le sien un instant et elle comprit que tout allait bien.

Quand tous les invités lui eurent enfin été présentés, il lui offrit son bras et ils ouvrirent ensemble le chemin de la salle à manger à leurs hôtes. Les serviteurs, un pour chaque convive, s'étaient alignés pour les saluer, comme le voulait l'usage à la Résidence.

Rex ne dit rien, mais elle sentit avec émotion sa main se poser un instant sur la sienne.

Il était à croire que Clémence n'avait jamais été aussi en verve ni aussi spirituelle, car ses interlocuteurs riaient tous maintenant de bon cœur. La soirée s'était animée avec l'arrivée de Rex et, bien qu'elle ne se rappelât aucune conversation précise, il lui parut qu'ils n'avaient jamais donné un dîner aussi réussi.

Rex et Clémence gravirent l'escalier côte à côte, en silence. En arrivant devant leurs appartements, craignant qu'il ne lui souhaite aussitôt bonne nuit, elle dit précipitamment :

– Je voudrais savoir... Il faut que vous me racontiez...

– Me permettez-vous de me mettre d'abord un peu plus à l'aise? demanda-t-il. Et je suis sûr que vous serez heureuse d'en faire autant.

– Oui, bien sûr.

Ils regagnèrent chacun leur chambre.

Clémence trouva dans la sienne sa femme de chambre qui l'attendait. C'était une Bengali qui avait été choisie tout spécialement pour elle à Calcutta; elle avait déjà servi auprès d'autres femmes de Gouverneurs et ses références étaient excellentes. Après l'avoir aidée à retirer sa robe et ses bijoux, elle lui demanda :

– Voulez-vous que je vous brosse les cheveux, Excellence?

– Non, pas ce soir, répondit Clémence.

La femme de chambre lui fit revêtir un déshabillé de satin blanc, agrémenté de dentelle et de rubans de velours bleu.

– Vous pouvez vous retirer maintenant, Nalini. Je me coucherai un peu plus tard.

Nalini sortit après avoir mis toutes les lumières en veilleuse, excepté la lampe de chevet.

Clémence s'agenouilla devant le feu, sur un épais tapis de fourrure blanche. Les flammes jaillissaient d'une très haute pile de bûches.

« Au moins, ici, personne ne peut se trouver caché dans la cheminée », songea-t-elle.

Mais maintenant, elle ne craignait plus rien. Elle attendait simplement, le cœur battant, la bouche sèche.

La porte s'ouvrit devant Rex. Il portait une longue robe de chambre de type très anglais et, avec son plastron orné de brandebourgs, il donnait l'impression d'être encore en tenue d'apparat. Tandis qu'il s'avançait vers elle, elle se remit vivement debout et lui demanda aussitôt :

– Vous allez bien? Vous n'êtes pas... blessé?

Il sourit.

– Comme vous le voyez, je suis revenu à vous sain et sauf, comme c'était bien mon intention.

– Et l'homme? Vous l'avez trouvé?

– Je l'ai trouvé!

– Que... que s'est-il passé?

– Est-ce vraiment si important?

En vérité, rencontrant son regard, il lui était difficile de penser à autre chose qu'à ce qu'elle voyait dans la profondeur de ses yeux gris.

Il se rapprocha légèrement d'elle.

– Vous m'avez sauvé la vie, Clémence. Il me semble que je devrais commencer par vous remercier.

– Cela a été un hasard... un pur hasard. Et si je n'avais pas perdu mon chemin? Et si je n'avais pas surpris la conversation des jardiniers?

– Est-ce le hasard qui nous a réunis? demanda Rex. Est-ce le hasard qui nous a mariés, qui a fait que vous êtes précisément la femme que je cherchais sans le savoir depuis toujours?

Clémence ouvrit de grands yeux.

– C'est... c'est vrai?

– Croyez-vous que je pourrais vous mentir sans que vous vous en aperceviez?

Ils se regardèrent un moment et Rex ajouta:

– Nous avons tant de choses à nous dire! Mais d'abord, je veux vous remercier, non seulement de m'avoir sauvé la vie, mais pour les larmes que j'ai vues dans vos yeux quand je vous ai quittée.

La voix de Rex, douce et tendre, trahissait une émotion beaucoup plus profonde. Clémence se mit à trembler et elle baissa les yeux.

– J'ai peur, déclara soudain Rex.

– Peur? répéta-t-elle, surprise.

– Peur de vous effrayer si je vous dévoile mon cœur.

– Vous n'avez pas... à avoir peur.

– En êtes-vous certaine?

Avait-elle fait un pas vers lui ou Rex l'avait-il attirée dans ses bras? Tout ce qu'elle savait, c'est qu'elle était près de lui et qu'il devait sentir les battements affolés de son cœur.

– J'ai déposé sur vos lèvres un baiser de gratitude, dit Rex d'une voix grave, mais maintenant je voudrais vous embrasser pour une tout autre raison.

– La... laquelle? réussit-elle à articuler.

Mais au lieu de l'embrasser, il lui caressa le menton du doigt, remonta vers son oreille, redescendit le long de son cou. Elle en éprouva une sensation absolument inconnue, comme si son corps était parcouru d'une multitude de petites flammes l'obligeant à écarter les lèvres pour laisser passer son souffle de plus en plus précipité.

– Tu es si belle! soupira-t-il. Mais ce n'est pas seulement ton visage qui éveille en moi un pareil désir.

– Vous... me désirez?

Elle avait besoin d'entendre sa réponse.

– Plus que je n'oserais le dire. J'ai cru que j'allais devenir fou à ne pas pouvoir te toucher, te tenir dans mes bras, comme ça...

– J'en avais envie aussi...

Les mots lui avaient échappé, mais elle ajouta pour être tout à fait sincère :

– Mais je ne l'ai compris qu'aujourd'hui... quand j'ai cru qu'on allait vous tuer... que je ne pourrais pas vous avertir à temps.

Sa voix était encore chargée de tant d'angoisse que Rex, sentant combien elle avait souffert, la serra contre lui. Il la regarda un instant dans les yeux et posa enfin ses lèvres sur les siennes.

Il découvrit aussitôt le feu qui couvait sous la glace, un feu qui jaillit avec une ardeur et une violence telles qu'il aurait pu tout anéantir sauf le besoin qu'ils avaient l'un de l'autre.

Ils étaient enfin réunis, ils se rencontraient enfin, après des siècles d'attente, mais les flammes qui s'élevaient très haut, toujours plus haut, ne leur permettaient que de sentir, plus de penser.

Longtemps après, alors que dans la cheminée le tas de bûches n'était déjà plus que cendres, Clémence raconta :

– Je croyais ne jamais pouvoir être seule avec toi... Et j'enviais les autres femmes de Gouverneurs qui retrouvaient leur mari... dans ce lit.

Rex lui déposa un baiser sur le front.

– Celui-là du moins, nous le partagerons sûrement à l'avenir. Mais je pense, mon très cher amour, que nous avons droit à plus encore.

– Que veux-tu dire?

– Nous étions censés, en quittant l'Angleterre, aller passer notre lune de miel à Lucknow. Je pense que nous pouvons nous rattraper ici à Naini Tâl.

– Une lune de miel?

Dans sa question, à peine audible, la joie perçait.

– Est-ce que cela te ferait plaisir?

– Je serais heureuse de n'importe quoi, pourvu que je sois avec toi... que je puisse te parler... que tu puisses... m'aimer, acheva-t-elle, la voix tremblante.

– Nous avons perdu trop de temps. J'ai l'intention maintenant d'avoir ma femme pour moi tout seul.

– Est-ce qu'ils... te le permettront?

– Ils? Qui ça, ils? Suis-je oui ou non le Gouverneur de cette Province, et redevable à nul autre que moi?

Elle se mit à rire.

– Alors, peut-être accepteriez-vous, Excellence, de me faire part de vos projets?

– A notre grand regret, déclara Rex avec emphase, nous allons être victimes tous les deux d'une fièvre printanière qui nous empêchera pendant les deux prochaines semaines de remplir nos fonctions officielles!

Clémence se serra un peu plus contre lui.

– Est-ce une fièvre qui vous donne la sensation qu'une multitude de petites flammes vous parcourent le corps? demanda-t-elle.

– Exactement!

– Et ceux qui en sont atteints n'ont-ils pas un étrange nœud dans la gorge qui les empêche d'élever la voix plus haut qu'un murmure?

– En effet!

– Et ne se sentent-ils pas les paupières lourdes... les lèvres un peu gonflées?

– C'est un symptôme indubitable. Et quelles autres sensations éprouves-tu encore?

– Tellement... tellement d'autres!

Clémence poursuivit d'une voix altérée par l'émotion :

– J'ai eu l'impression que tu m'entraînais sur des sommets que personne n'avait encore jamais atteints, sinon les dieux.

Après un instant de silence, elle demanda d'une voix hésitante :

– Tu n'as pas éprouvé... un peu la même chose?

– L'extase que j'ai ressentie, mon adorée, est inexprimable. Mais je peux te dire que je ne me suis jamais – et c'est bien vrai – senti aussi heureux, aussi comblé.

– Oh, que je suis contente! Je suis très, très contente...

– Tout cela peut se résumer en un mot : l'amour.

– Je t'aime! Dieu, que je t'aime!

– Tu es tout à fait sûre que je ne t'ai ni heurtée ni effrayée? Ce que je voulais, ma précieuse chérie, c'était te charmer avec beaucoup de douceur, peu à peu, pour que jamais tu n'aies à avoir peur de moi.

– Je n'ai pas eu peur, répondit Clémence. Mais j'ignorais que le corps pouvait s'enflammer ainsi et que c'était la chose la plus extraordinaire, la plus merveilleuse qui pouvait vous arriver!

– Le feu de l'amour!

– En effet... C'est tout à fait ça.

Il lui écarta quelques mèches de la figure et, à la lueur des dernières braises, il vit ses yeux se lever vers lui, sa bouche se tendre vers la sienne.

– J'ai tant de choses à t'apprendre, ma fleur bien-aimée, et j'ai tant de choses à apprendre de toi!

– A propos de quoi?

– A propos de notre âme, de notre esprit, de notre corps. Nous avons lutté tous les deux dans la solitude. Désormais nous connaîtrons la joie de penser, de sentir ensemble, de marcher ensemble vers les plus haut sommets.

– Tu m'as dit un jour que l'impossible était possible, murmura Clémence. Tu avais raison...

Rex lui vola les derniers mots sur ses lèvres et il l'embrassa jusqu'à ce qu'elle ne puisse plus respirer, jusqu'à ce que son cœur batte au même rythme frénétique que le sien.

– Je dois te laisser dormir, ma chérie. Demain matin, nous partons très tôt, et à cheval, dit-il enfin.

– Où allons-nous?

– Il y a beaucoup d'endroits que je désire te montrer, des lieux sacrés, des lieux ignorés de la plupart des voyageurs. Et ils ne sont accessibles qu'à cheval.

– Pouvons-nous vraiment y aller seuls?

– Si tu es prête à courir le risque de rencontrer les esprits et les dieux qui vivent dans ces montagnes, alors je te promets qu'une escorte est inutile.

Clémence poussa un petit soupir de bonheur.

– Oh, Rex, je n'aurais jamais cru que quelque chose d'aussi merveilleux m'attendait... mais je ne voudrais pas que tu prennes des risques, même si c'est pour me rendre heureuse.

– C'est à moi que tu penses?

– Et à qui d'autre? Il n'y a personne d'autre. A toi seul, tu remplis le monde, le ciel, la montagne et... la plaine.

– Pourquoi dis-tu « plaine » sur ce ton?

– A cause du Sâdhu.
– Quel Sâdhu?
– Je l'ai rencontré dans le parc. Il m'a expliqué que je cherchais les hauteurs, mais que je devais aussi descendre dans la plaine.
Elle ajouta après quelques instants d'hésitation :
– Je crois que par « plaine » il entendait les flammes, les sensations que tu m'as fait découvrir.
– C'est ce que je pense aussi.
– Le Sâdhu a prétendu que les sommets et la plaine étaient complémentaires et vous ouvraient la voie de la connaissance.
– Nous la parcourrons ensemble.
– Oh, Rex, mon amour! s'écria Clémence avec passion. Comment aurais-je pu penser en quittant l'Angleterre qu'une chose pareille allait m'arriver?
– Et pourtant c'est arrivé! Et ce n'est qu'un commencement. Nous avons encore beaucoup à faire ensemble!
Il voulut l'embrasser, mais elle enfouit la tête au creux de son épaule et murmura :
– Je voudrais te dire quelque chose...
– De quoi s'agit-il?
Elle cherchait visiblement ses mots et il attendit, songeant que lui non plus n'avait jamais cru à l'existence d'un tel bonheur.
La voix de Clémence lui parut aussi douce qu'une musique.
– Dans les livres que tu m'as donnés, il est dit que les femmes hindoues vénèrent leur mari car il est pour elles l'incarnation de Krishna... le dieu de l'amour.
– C'est vrai.
– Et que par conséquent, dit-elle dans un souffle, l'acte d'amour est divin.
Comme Rex demeurait silencieux, elle poursuivit :
– C'est exactement ce que j'ai éprouvé! Pour moi, tu es Krishna. L'amour que tu m'as donné est sacré et... je te vénère.

Il la serra si fort qu'elle en eut le souffle coupé.

– Ma chérie, ma précieuse, merveilleuse femme, je t'interdis de dire des choses pareilles. C'est moi qui dois te vénérer car tu es la perfection.

Dans un geste impulsif, elle lui passa les bras autour du cou et attira son visage vers elle. Ses lèvres cherchaient les siennes, son corps se pressait contre le sien.

De nouveau, le feu qui couvait en eux s'embrasa et des flammes de plus en plus hautes les emportèrent, brûlant d'une passion sauvage, vers les sommets de l'extase...

La journée commençait à peine et le soleil n'était pas encore trop chaud lorsque Rex aida Clémence à se mettre en selle. Le Capitaine Anderson était venu assister à leur départ.

– Les domestiques devront prendre des chevaux pour nous apporter notre déjeuner; ils le déposeront sous les arbres au-dessus de la cascade de Naini, ordonna Rex. Il faut qu'ils soient là à midi et qu'ils disparaissent ensuite.

– Je veillerai à ce que ce soit fait, répondit le Capitaine Anderson.

– Et qu'il soit bien entendu que toutes mes activités officielles seront interrompues pendant quinze jours, ajouta Rex. Vous veillerez vous-même aux affaires urgentes.

Sur un ton hésitant l'aide de camp demanda :

– Au cas où se poserait un problème imprévu, pourrai-je en discuter ce soir avec Votre Excellence ?

– Non ! répliqua fermement Rex. Nous dînerons dans le salon particulier de ma femme, et Azim sera seul autorisé à faire le service. Pour le personnel, tout doit se passer comme si nous n'étions pas là. Il ne doit y avoir aucune exception à la règle !

Le Capitaine Anderson déclara en souriant :

– Bien, Milord, et permettez-moi de vous adresser mes tardives mais très sincères félicitations !

– Merci, Anderson.

Au moment où Rex allait monter à cheval, un jardinier s'approcha de la maison, tenant d'une main un énorme panier rempli de roses fraîchement coupées et, de l'autre, un bouquet de lis tigrés.

– Donnez-le-moi! dit Rex en lui prenant le bouquet.

Il sauta en selle, accrocha les fleurs au pommeau et ils s'éloignèrent, salués par le Capitaine Anderson et les deux sentinelles qui gardaient la porte.

– Pourquoi voulais-tu ces fleurs? demanda Clémence avec curiosité.

– Parce que je t'ai toujours identifiée à elles. Pour moi, elles symbolisent la pureté alliée à la sauvagerie du tigre.

– Mais... que vas-tu en faire? demanda-t-elle en rougissant.

Rex contempla un instant les montagnes enneigées qu'on apercevait à travers les branches fleuries des arbres.

– J'ai l'intention de les déposer sur le premier autel consacré au dieu de l'amour que nous trouverons sur notre chemin!

Leurs regards se rencontrèrent. Clémence était très séduisante dans ce décor de fleurs blanches, bleues et écarlates.

– J'ai prié le dieu Krishna pour qu'il me donne l'amour, dit-elle d'une voix douce. Comment pourrais-je le remercier?

– Nous avons toute l'éternité, ma chérie, pour lui rendre grâce.

Achevé d'imprimer sur les presses de l'imprimerie Brodard et Taupin
58, rue Jean Bleuzen, Vanves. Usine de La Flèche,
le 20 juillet 1984
6550-5 Dépôt Légal juillet 1984. ISBN : 2 - 277 - 21671 - 2
Imprimé en France

1671
★★

Editions J'ai Lu
27, rue Cassette, 75006 Paris
diffusion France et étranger : Flammarion